이
멋진
세계에
축복을! 01

대
마법사의
여동생

「아쿠아 님, 잘못했습니다」라고 말하면서 싹싹 빌어.

"빨리 아쿠아와 화해하세요. 카즈마가 없는 동안, 항상 한가해 하면서도 어딘가 좀 쓸쓸해 보였어요."

아쿠아

그리고 앞으로
하루에 세 번씩
이 몸을 숭배하는
기도를 올려."

"저기, 아쿠아.
슬슬 카즈마와
화해하는 게…….

아야야야얏!

그, 그만 해라, 아쿠아!
머리카락을 잡아당기지 마라!"

다크니스

"언니가,
이 마을
모험가들은
엄청나댔어!"

루나

코멧코

이 멋진 세계에 축복을! 11

대마법사의 여동생

CONTENTS

대 마법사의 여동생

이멋진 세계에 축복을! 11

아카츠키 나츠메 지음
미시마 쿠로네 일러스트
이승원 옮김

Character

아쿠아

직업 ━ 아크 프리스트

그 누구도 제어할 수 없는 물의 여신. 특기는 연회용 장기자랑.

카즈마

직업 ━ 모험가

백수 기질이 있는 주인공. 행운 수치 하나만 비정상으로 높다.

다크니스

직업 ━ 크루세이더

방어 전문 마조히스트 여기사. 실은 귀족 가문 아가씨.

메구밍

직업 ━ 아크 위저드

홍마족 제일의 천재. 폭렬마법 이외에는 전혀 흥미가 없다.

촘스케

바닐

젤 킹

연령 미상의 대악마. 위즈의 가게에서 일하고 있다.

아이리스

베르제르그 왕국의 제1왕녀. 카즈마를 오빠처럼 따른다.

그 날—.

베르제르그 왕성 안의 다다미 방.

"아하하하하하하! 아하하하하하하! 저기, 카즈마! 이거 좀 봐! 자, 상점가 전단지로 얼간이 악마의 가면을 만들어 봤어!"

"푸하하하하하하! 우와, 완전 끝내주네! 전단지로 만든 것 같지 않아! 너, 이런 건 정말 잘하는 구나!"

무사히 아이리스를 데리고 돌아온 우리는 클레어에게 환대를 받으며 완전히 술에 취했다.

"후하하하하하하! 내다보는 악마가 선언하지! 그대, 멀쩡한 얼굴로 어이없어 하고 있는 알통 소녀여. 알코올은 단백질을 통해 분해된다. 그러니 술을 잔뜩 마시면 네 고민거리인 우락부락한 근육도 조금은 부드러워질 것이다."

"하하하하하하하! 닮았어~!"

"시, 시끄럽다, 이 주정뱅이들아! 아쿠아, 우락부락한 근육 같은 소리는 하지 마라!"

아쿠아가 방금 전단지로 만든 가면을 쓰고 바닐 흉내를 내자, 다크니스는 얼굴을 새빨갛게 붉혔다.

"저도 이제 술을 마실래요! 저는 결혼도 할 수 있는 나이 인데, 왜 계속 어린애 취급을 하는 거죠?!"

술을 입에도 대지 못한 메구밍이 다크니스를 향해 그렇게 외쳤다.

"그, 그게 말이다, 메구밍. 연령이 아니라 체격 때문에 그 러는 거다. 저기, 메구밍은 남들보다 발육이……"

나는 우물쭈물하면서 말끝을 흐리는 다크니스를 쳐다보 며 박장대소를 터뜨렸다.

"아햐햐햐햐, 웃겨죽겠네~!"

"하나도 웃기지 않아요! 이 주정뱅이, 뭐가 그렇게 재미있 죠?! 빨리 그 술병 안의 술을 저에게도 주세요! ……앗, 왜 빈손을 저한테 내미는 거죠? 빨리 술이나 내놓으세에에에에 에에에엣?!"

내가 술병을 빼앗으려 하는 메구밍에게 인정사정없이 드 레인 터치를 날리면서 저항하자, 그 광경을 본 아쿠아가 깔 깔 웃었다.

"아하하하하하하하! 아하하하하하하하! 웃겨죽겠어~!"

"하나도 웃기지 않거든요?! 카즈마에게 마력을 빼앗긴 바 람에 오늘은 폭렬마법을 못 쓰게 됐잖아요! 어떻게 책임져

줄 거죠?! 나중에 마력을 돌려줘요!"

메구밍이 우리를 향해 불같이 화를 냈고 나는 또 히죽히죽 웃었다.

"웃겨죽겠네~!"

"이 남자는 정말……!"

메구밍이 나한테 달려들었지만 나는 여전히 히죽히죽 웃으면서 사람들로 북적이고 있는 이 방 안을 둘러보았다.

"카즈마 씨, 카즈마 씨! 오늘은 이 성에 있는 술을 전부 마셔버리자!"

"좋아~! 술을 퍼마시고 또 퍼마셔서, 마력을 전혀 쓰지 않고 크리에이트 워터를 쓰는 거야~!"

"이 남자, 진짜 저질이네요! 방금 엄청난 음담패설을 입에 담았어요!"

"어이, 누가 이 두 사람을 방으로 옮겨라!"

나와 아쿠아는 메구밍과 다크니스의 말을 들으면서—.

"저기, 카즈마! 오늘은 정말 즐거워! 우리의 활약이 제대로 인정받은 건 이번이 처음이잖아!"

"그래! 지금까지는 우리가 아무리 활약을 해봤자, 빚을 지거나, 불합리한 대접을 받거나, 혹은 상장과 상금만 받고 땡

이었지!"

　……오늘을 마음껏 즐겼다.

제1장 이 로리콤 백수에게 각성을!

1

그 날, 이 나라는 충격에 휩싸였다.

무장국가 베르제르그.

마왕군과 국경이 인접한 이 나라의 왕녀가 드래곤 슬레이어의 칭호를 얻어서 돌아온 것이다.

—아이리스의 호위로서 옆 나라인 엘로드에 갔던 우리는 그곳에서 별의별 일에 휘말렸다.

마왕군에게 대항하기 위한 지원 요청을 비롯해, 왕자와의 갬블 승부, 드래곤 퇴치…….

그리고 엘로드의 재상으로서 잠입해있던 도플갱어의 정체를 간파하여 그 나라를 위기에서 구했다.

내가 한 일이라고는 사기 갬블로 왕자를 가지고 논 게 전부지만 결과적으로 새로운 위업을 달성한 것이다.

그리고 가장 큰 문제였던 아이리스와 그 왕자의 약혼도 파기시켰다.

이것으로 무사히 해피엔딩을 맞이했다고 할 수 있지만—.

"수고 많았다, 카즈마 님! 내가 당신을 오해했던 것 같구나! 이번 성과는 나의 예상보다 훨씬 대단했어!"

아이리스를 데리고 왕성으로 돌아간 우리가 알현실에서 보고를 마치자, 흰색 정장 차림의 클레어가 흥분한 표정으로 눈을 반짝이며 그렇게 말했다.

나 이외의 전원이 눈치를 발휘해 뒤편에서 정중히 예를 표하고 있는 가운데—.

"아, 이건 전부 아이리스가 노력한 결과야. 나는 딱히 한 게 없어."

"겸손하구나……. 나는 설령 엘로드의 지원이 중단되더라도 아이리스 님의 약혼만 파기할 수 있다면 상관없다고 생각하고 있었다. 그런데 지원을 얻어냈을 뿐만 아니라 약혼도 파기시켰으며, 게다가 위기에 처한 엘로드도 구원할 줄이야……!"

감동한 나머지 목소리가 상기된 클레어는 진심을 털어놓았다.

"클레어! 지원 중단과 제 약혼 파기, 둘 중 어느 게 더 중요했던 거죠?! 만약 지원이 중단됐다면 마왕군에게 대항할 수 없단 말이에요!"

"그야 물론 아이리스 님의 약혼을 파기시키는 것이지요. 아이리스 님만 무사하다면 이 나라도, 마왕도, 어찌되든 제

알 바가 아닙…… 아야야야야얏! 아이리스 님, 여행을 마치고 돌아오신 후부터 왠지 폭력적으로 변하신 것 같습니다!"

아이리스를 꼭 끌어안으려다 그대로 조르기를 당해 비명을 지른 클레어는 그 상태 그대로 우리 넷을 향하여 고개를 돌렸다.

"아무튼, 정말 수고 많았다. 원하는 보수가 있다면 뭐든 말해봐라. 다 들어주마."

진지한 표정으로 그렇게 말한 클레어는 조르기를 당하고 있는 탓에 점점 얼굴이 새빨개졌지만, 그래도 왠지 행복해 보였다.

그건 그렇고 보수라…….

그러고 보니 이 녀석도 아이리스를 좋아할 뿐인, 어찌 보면 내 동지나 다름없지.

"내가 원하는 보수라면 뻔하잖아?"

클레어는 내 말을 듣고 어안이 벙벙한 듯한 표정을 짓더니, 이윽고 엘로드로 떠나기 전에 나와 했던 약속을 떠올린 것 같았다.

옆 나라 왕자와의 약혼을 파기시키는 대신, 아이리스의 어릴 적 이야기를 해줬으면 한다.

그런 별것 아닌 약속을…….

"그래, 카즈마 님. ……오늘은 내가 자비로 당신들을 위한 연회를 열어주지. 그 자리에서 약속했던 보수를 주마."

클레어는 내 의도를 이해하더니―.

"내일 아침까지 재우지 않을 거다."

"""어?!"""

나와 아쿠아 이외의 사람들의 입에서 터져 나온 당황한 목소리를 들으며 미소 지었다.

"―뭐야! 이 녀석, 술이 엄청 약하잖아!"

연회가 시작되고 10분밖에 지나지 않았다.

그리고 클레어는 컵 안의 술을 절반 정도 마셨을 뿐인데 벌써 취하고 말았다.

이 연회는 이세계에서 온 일본인의 취향에 맞춰 만든 듯한 다다미방에서 열렸으며, 바닥에는 좀 조악한 다다미가 깔려 있었다.

"으으, 카즈마 님. 미, 미안하다……."

벌써 술에 취해 쓰러진 클레어는 벌게진 얼굴로 사과하면서 나에게 다가왔다.

어린 여자애를 좋아하는 변태이기는 해도 클레어 또한 외모는 반반한 귀족 영애다.

그런 그녀가 바닥에 앉아있는 나에게 상반신을 기대자 솔직히 말해 기분이 나쁘지는 않았다.

왠지 열차 안에서 졸고 있는 미인 누님이 내 어깨에 기댄 듯한 기분이 들었다.

"오라버니와 클레어는 대체 어느새 가까워진 거죠?"

그런 우리를 본 아이리스는 주스가 든 잔을 쥔 채 약간 언짢은 표정을 지으며 나에게 다가왔다.

"어라. 아이리스 너, 질투하는 거야? 걱정하지 말라고. 이 오빠의 취향은 몸매 좋은 미인 누님이거든. 그러니까……."

"…………."

어, 클레어도 외모만 보면 꽤 내 취향이네.

아이리스는 아무 말 없이 도끼눈을 떴고 나는 꿀 먹은 벙어리가 되었다.

이윽고 아이리스는 나와 클레어 사이에 끼어들면서 앉더니 술에 취한 클레어에게 무릎베개를 해줬다.

클레어 녀석, 나중에 술이 깨면 기절한 걸 후회하겠는걸.

아이리스는 얼굴이 벌게진 채 축 늘어진 클레어의 머리를 쓰다듬어준 뒤 나를 쳐다보지도 않고 말을 이었다.

"오라버니는 이 연회가 끝나고 나면 어떻게 할 건가요? 액셀 마을로 돌아가실 건가요?"

그녀는 혼잣말을 중얼거리듯, 그리고 내 의지를 확인하려는 듯 그렇게 말했다.

"으음, 글쎄. 요즘 사신(邪神) 퇴치에 아이리스 호위 등을 하느라 여행만 계속했거든. 때로는 좀 느긋하게 쉴까도 싶어."

뭐, 사실 나는 모험을 할 때가 더 드물지만…….

"……느긋하게 쉬기만 할 거면 여기서도 할 수 있지 않을까요? 빈방이라면 잔뜩 있으니까 서둘러 돌아갈 필요는 없잖아요?"

아이리스는 자신의 무릎을 벤 클레어를 살피듯 고개를 숙이더니 단호한 어조로 자신의 생각을 말했다.

예전의 아이리스는 툭하면 클레어의 뒤편에 숨었고, 항상 수행인을 거쳐서 대화를 나누는 얌전한 인상의 아이였다.

그런데 누구에게 영향을 받은 건지, 지금은 장난꾸러기 같은 짓도 할 줄 아는 애가 되었다.

항상 쭈뼛거리며 남들의 눈치를 살피던 예전의 아이리스도 사랑스러웠지만 개인적으로는 지금의 자연스러운 그녀도 귀엽다고 생각한다.

"뭐, 정 아이리스가 원한다면 한동안 여기서 머물러 줄 수도 있어."

나는 일전에 도적으로서 이 성에 침입했을 때 수많은 병사와 싸웠다.

얼굴을 가렸고 목소리를 바꾸긴 했지만 체격과 몸놀림을 보고 내 정체를 알아채는 자가 있을지도 모른다.

아이리스가 나를 이렇게 따르는 건 기뻤으나 역시 위험한 다리를 건널 수는…….

"가능하다면……."

내가 그런 생각에 잠겨 있을 때—.

아이리스는 고개를 숙인 채 쓸쓸한 목소리로 중얼거리듯

말했다.

"가능하다면, 여러분과 함께 살고 싶어요……."

우리는 성에 남기로 했다.

2

"안녕, 드래곤 슬레이어."

"오라버니, 저를 드래곤 슬레이어라고 부르지 말아주세요……. 다른 이들도 저를 그 칭호로 부르는데, 이제 좀 관둬줬으면 좋겠어요……."

볼을 붉힌 아이리스는 부끄러운지 그렇게 말하면서 고개를 숙였다.

우리는 클레어에게 환대를 받은 후, 현재 왕성에서 지내고 있었다.

그렇다.

내가 바라마지 않았던 아이리스와의 우아한 나날을 되찾은 것이다.

"하지만 아이리스. 드래곤 슬레이어는 아무나 될 수 있는 게 아니잖아. 대대적인 축제도 연다면서? 클레어가 완전 흥분해서 그렇게 말하더라고. 자기는 아이리스 님이 언젠가 큰

일을 해낼 분인 걸 알고 있었다면서 말이야."

"클레어는 신경 쓰지 마세요. 드래곤을 퇴치했을 때의 무용담을 들으러 몇 번이나 저를 찾아왔다니까요."

참고로 클레어는 나에게도 매일 찾아왔다.

아이리스는 황금용이라 불리는 드래곤을 일격에 해치웠기 때문에, 해줄 이야기라고 해봤자 「아이리스가 엄청난 기술을 펼치니 드래곤이 꼴까닥 했다」 뿐이었다. 하지만 그녀는 겨우 그 말을 듣기 위해 일부러 자기 전에 나를 찾아오는 것이다.

애초에 클레어는 「아이리스 님을 위험한 일에 휘말리게 하다니 제정신이냐」 같은 소리를 했지만, 지금은 아이리스의 무용담에 푹 빠졌다.

그래서 그런지 우리가 성에 머물면서 흥청망청 놀고 있는데도 별말 하지 않았다.

아니, 아이리스의 약혼을 파기한 우리의 공적을 매우 높이 사고 있으며, 나와는 때때로 밤늦게까지 아이리스의 어릴 적 이야기를 안주 삼아 함께 술을 마시는 사이가 됐다.

"그럼 이 오빠는 세수를 한 다음에 옷 갈아입고 올 테니까, 아이리스는 안뜰에서 기다리고 있어. 메이드 분들한테 참치마요네즈 주먹밥을 만들어달라고 해서 같이 먹자."

"예! 저도 참치마요네즈 주먹밥을 좋아해요!"

아이리스는 저번에 같이 여행을 하면서 먹었던 정크푸드

가 마음에 들었는지, 메이드들에게 우리가 만들어준 요리에 대해 자세하게 이야기한 것 같았다.

메이드들은 그 말을 듣더니 「이 녀석들, 왕녀님에게 그딴 걸 먹인 거냐」라고 말하는 듯한 차가운 눈길을 우리에게 보냈다. 하지만 싱글벙글 웃으며 참치마요네즈 주먹밥을 먹는 아이리스를 보니 아무 말도 못했다.

아마 왕성의 고급 요리에 질렸을 즈음에 우리와 즐겁게 먹었던 요리가 신선하게 느껴졌던 것이리라.

"그럼 오라버니, 좀 있다 봐요!"

아이리스는 그렇게 말하더니 메이드에게 참치마요네즈 주먹밥을 만들어 달라는 말을 하러 갔다.

—그렇게 내가 왕성에서 지내기 시작한 후로 사흘이 지났다.

나는 메구밍의 일과에 어울려주기 위해 왕성 밖으로 나왔는데—

"……당신까지 제 일과에 어울려줄 필요는 없어요. 그것보다, 일국의 왕녀께서 위험이 도사리고 있는 마을 밖으로 나오면 안 되잖아요."

"드래곤 슬레이어가 되었더니, 어느 정도 자유롭게 외출을 할 수 있게 되었어요. 그리고 왕도 주변에는 강한 몬스터가 서식하니까, 오라버니가 걱정이에요."

요즘 들어서는 아이리스도 메구밍의 일과에 함께하게 되

었다.

엘로드까지 같이 여행을 한 사이라고는 해도 이 두 사람은 묘하게 사이가 좋았다.

때때로 아이리스의 입에서 나오는 두목님이라는 단어가 신경 쓰이지만 아무튼 현재 나에 대한 호감도가 가장 높은 건 이 두 사람일 거라고 생각한다.

아이리스가 메구밍의 일과에 동행하는 것도 우리가 단 둘이 있는 걸 막기 위해서가 아닐까.

내가 좀 더 과감하게 다가간다면 이 두 사람은 간단히 나한테 넘어올 것 같다.

……뭐, 메구밍은 몰라도 아이리스를 이성으로 여길 만큼, 나는 로리콘이 아니지만 말이다.

하지만 장래에 어른스럽게 성장한 아이리스가 오라버니의 아내가 되고 싶다 같은 소리를 할 가능성은 꽤 컸다.

아니, 내가 이대로 왕도에 눌러앉아서 아이리스에게 다가오는 남자들을 쫓아내는 것이다.

그러면 나는 동경하는 오빠에서 신경 쓰이는 이성으로 바뀔 것이며, 최종적으로는…….

"카즈마, 도착했어요. 여기가 제가 마음에 들어 하는 폭렬 장소예요. 저 바위 밭의 뒤편에는 몬스터들이 자주 모여들거든요. 그런 몬스터들에게 폭렬마법이 정통으로 꽂혀서 경험치를 얻을 때도 있어요."

어느새 걸음을 멈춘 메구밍이 생각에 잠긴 내 얼굴을 들여다보았다.

어이쿠, 큰일 날 뻔했네.

"그럼 빨리 일과를 마치고 돌아갈까. ……참, 너희한테 물어볼 게 있는데, 너희는 나를 어떻게 생각해?"

나는 가능한 한 자연스럽게, 그리고 최대한 미남으로 보이도록 눈에 힘을 주면서 두 사람에게 물었다.

"느닷없이 무슨 소리를 하는 거죠? 질문의 의도를 모르겠네요. 요즘 들어 한가한지 툭하면 기행을 벌이는 것 같긴 하네요. 아쿠아와 함께 성의 안뜰에 가서, 멋대로 가지치기를 하는 건 관두는 편이 좋을 걸요? 아쿠아는 솜씨가 좋아서 평가가 좋지만, 카즈마가 개 모양으로 잘라둔 건 평판이 나쁘거든요."

그건 곰 모양으로 자른 건데…….

메구밍만이 아니라 아이리스도 한마디 했다.

"오라버니, 아무리 한가하더라도 멋대로 훈련장에 가서 병사들을 지도하지는 말아줬으면 해요……. 오라버니가 엄청 강하다면 고마운 일이겠지만, 병사들 사이에서는 『툭하면 지면서 남을 가르치고 싶어 하는 괴짜 손님』이라고……."

"요즘 내 행동은 신경 쓰지 마! 할 일이 없어서 심심하다고! 그것보다, 저기, 그러니까……. 나를 좋아하는지 싫어하는지, 같은 걸 물어본 거야. 그냥 너희가 나를 얼마나 좋아

하는지, 너희한테서 직접 듣고 싶은 것뿐이라고."

자연스러운 느낌 같은 건 깔끔하게 사라져 버렸지만 아무튼 내 말을 들은 두 사람은 서로를 쳐다보더니—.

"뭐, 몇 번이나 말했지만 카즈마를 좋아해요. 갑자기 무슨 소리를 하는 거예요?"

"저, 저도 오라버니를, 그러니까…… 조, 좋……."

"오케이, 알았어. 이 오빠가 잘못했어. 아이리스, 최선을 다했구나. 나는 그 말만으로 충분해. 그리고 메구밍. 네 마음을 다시 확인해서 정말 기뻐."

내가 어른의 여유를 보여주며 두 사람을 어르자—.

"카즈마, 대체 왜 그래요? 오늘 정말 이상하네요. 아, 항상 이상했지만 오늘은 평소보다 한층 더 이상한 소리를 하는 것 같아요."

"저기, 오라버니? 아주 조금, 기분 나빠요……."

"아이리스, 쉿! 속으로는 그런 생각을 하더라도 말로 하면 안 된다고요!"

마음에 가벼운 대미지를 입었지만 일단 예상했던 대답을 들었다.

이대로 어른이 된다면 이 두 사람은 어떻게 될까.

나를 차지하기 위해 쟁탈전을 벌일까.

"나는 마음이 넓은 남자거든? 너희 중 한 명만 따돌리지는 않을 테니까 안심해."

"아이리스, 왠지 짜증이 치솟아요. 오늘 일과를 하기 전에 이 남자에게 따끔한 맛을 보여주죠."

"오라버니, 오늘은 왠지 기분 나빠요. 뭐 잘못 드셨어요?"

좀 심한 소리를 들었지만 이번에 대활약을 한 나의 새로운 왕성 생활은 이런 느낌으로 평화롭게 계속되었다―.

왕성에 사는 백수의 하루는 이른 아침부터 시작된다.

"하이델! 하이델~!"

왜냐하면, 집사와 메이드를 부리며 풍족한 생활을 할 수 있는 상황에서 잠이나 퍼질러 자며 1분 1초를 낭비하고 싶지 않기 때문이다.

"사토 님, 부르셨습니까? 모닝커피를 대령할까요? 아니면 침대 위에서 아침을 드시겠습니까? 오늘 아침 식사는 사토 님께서 희망하신 푸아그라 된장 수프입니다."

일전에도 내 전속 집사였던 하이델이 이른 아침부터 집사의 본분을 다했다.

"아침은 침대 위에서 먹지. 참, 식사 전에 커피를 한 잔 해야겠어. 그리고……."

"메이드인 메어리에게 치맛자락을 평소보다 짧게 하고 이곳으로 오라고 일러두면 되겠습니까?"

하이델이 내 생각을 읽은 것처럼 그렇게 말하자 나는 탄

성을 터뜨릴 뻔했다.

이것이 왕가를 모시는 엘리트 집사의 실력인 걸까.

"역시 하이델은 대단한걸. 내 취향을 기억해주다니, 정말 기뻐."

"저야말로 사토 님께서 이름을 기억해주셔서 기쁘기 그지없습니다. 사토 님이 메어리에게 벌을 주실 수 있도록, 살짝만 부딪쳐도 쓰러지는 위치에 꽃병을 옮겨두도록 하죠."

정말 완벽한 집사다.

나는 만족스러워하며 고개를 끄덕인 후, 하이델이 끓여준 커피를 우아하게 홀짝이면서 신문을 펼쳐보았다.

성에 살게 된 나는 이제 어엿한 상류층이다.

"올해는 눈의 정령이 많아서 겨울이 혹독할 것 같으니, 모험가 길드가 눈의 정령 토벌의 보수를 늘린 건가. ……하이델, 이 일이 내년 농작물 수확에 영향을 끼칠 것 같군. 내 계좌에서 돈을 인출해서 선물 매매를 해둬."

"사토 님, 알겠습니다. 어느 품목을 구매하면 되겠습니까?"

품목?

"……으음, 추위에 영향을 받을 것 같은 녀석 말이야. 추워졌을 때 수확량이 줄 것 같은 거면 되겠군."

"알았습니다. 그럼 제가 적절한 품목을 골라서 진행하겠습니다."

역시 하이델이야. 주인을 창피하게 만들지 않는 멋진 남자군.

"그럼 그쪽은 잘 부탁해. 그런데 오늘 스케줄은 어떻게 되지?"

내가 다시 마음을 진정시키면서 커피를 홀짝이자 하이델이 수첩을 꺼내들며 입을 열었다.

"오늘 오전의 일정부터 말씀드리겠습니다. 우선 보물고에 있는 물품을 감상하는 뭐시기 감정단 놀이를 하기로 되어 있습니다. 또한, 성의 안뜰에서 아쿠아 님의 연회용 장기자랑으로 유인 작전을 결행해서, 열심히 공부하시는 아이리스 님을 방해…… 유인할 예정입니다."

하이델은 무표정한 얼굴로 수첩의 페이지를 넘기며 담담한 목소리로 그렇게 말했다.

"오후에는 메구밍 님과 함께 왕도 밖에서 폭렬마법 실험을 하시고, 그 이후에는 더스티네스 님과 함께 왕도의 방어 구점을 시찰하시기로 되어 있습니다."

나는 커피 잔을 침대 옆에 있는 테이블에 둔 후 고개를 슬며시 내저었다.

"하아, 오늘도 바쁘겠는걸. 밤에는 일정이 어떻게 되지?"

"밤에는 별다른 일정이 없습니다. 그러고 보니 더스티네스 님께서 만찬회에 초대를 받으셨습니다만, 어떻게 하시겠습니까?"

이 집사는 정말 완벽 그 자체라는 생각마저 들기 시작했다.

"물론 멋대로 만찬회에 참가해서, 다크니스를 꼬시려고 하는 녀석들을 방해해야지."

"알았습니다. 그럼 미리 준비를 해두겠습니다."

하이델은 공손히 고개를 숙인 후, 아침을 가져오기 위해 방 밖으로 나갔다―.

"사토 님, 좋은 아침입니다. 오늘 아침에는 사토 님께서 희망하셨던 송로 버섯이 듬뿍 들어간 된장 수프를 준비했습니다. 맛은 어떠신지요?"

"된장 맛이네."

"그렇습니까. 식후 커피를 끓일 테니, 그때까지 된장 수프를 즐겨주십시오."

이 성에서 지내기 시작하고 일주일이 흘렀다.

지금은 상류층 생활에 익숙해져서 공사다망하면서도 충실한 나날을 보내고 있다.

"하이델, 오늘 내 스케줄은 어떻게 되지?"

"오늘 오전에는 메구밍 님과 함께 왕도의 신문사를 찾아가서 두 분의 특집 기사를 써달라는 항의를 하실 예정입니다. 그 후, 아쿠아 님께서 아쿠시즈 교단의 홍보 활동을 같이 하자는 제안을 사토 님께 하셨습니다. 오후에는 아이리스 님, 더스티네스 님과 함께 왕도 주변의 몬스터를 토벌하러 가기로 되어 있습니다. 그리고 밤에는 메구밍 님께서 주

최하시는 한밤의 폭렬마법 감상회에 참석할 예정이십니다."

하이델이 식후 커피를 끓이면서 차분한 목소리로 그렇게 대답하자 나는 고개를 가볍게 저으며 입을 열었다.

"몬스터 토벌은 캔슬하겠어. 아이리스에게는 내일부터 실력 발휘를 하겠다고 전해줘. 대신, 메구밍의 폭렬마법 감상회 시간을 당기도록 하지. 어차피 다크니스가 또 야간 파티에 초대받았을 게 뻔하니까 방해하러 가야 하거든."

"알았습니다. 그렇게 수배해두겠습니다. 그러고 보니, 더스티네스 님에게서 멋대로 파티에 오는 걸 자제해달라는 요청이 들어왔습니다만……."

이 사람은 집사로선 완벽하지만 여자 마음에는 꽤 둔감한 것 같았다.

나는 검지를 까딱이며 입을 열었다.

"하이델은 뭘 모르네. 그런 애를 츤데레라고 하는 거야. 좋아하면서도 싫어하는 척 하는 거지. 즉, 오지 말라는 건 오라는 소리야."

"그렇습니까. 저는 아직 갈 길이 먼 것 같군요. 이 하이델, 감복했습니다. 그럼 빈손으로 파티에 참가하는 것도 좀 그러니, 더스티네스 님에게 드릴 깜짝 선물 삼아 파티용 대형 케이크라도 준비하는 건 어떻겠습니까?"

하이델은 즉시 자신의 실수를 만회하려 했다. 나야말로 감복하겠는걸.

"흐음, 그렇게 할까. ……아, 그것만으로는 재미가 없지. 좋아, 이렇게 하자. 내가 안에 들어갈 수 있을 만큼 커다란 케이크를 준비해줘. 그걸 파티장에 익명으로 보내는 거야. 대체 누구한테서 온 건지 몰라 의아하게 생각하고 있을 때, 케이크가 쩍 쪼개지면서 내가 등장하는 거지. 어때?"

"역시 사토 님은 대단하십니다. 파티에 참석하신 분들의 놀라는 모습이 눈앞에 선하군요. 그럼 그렇게 준비하겠습니다."

하이델은 그렇게 말하더니 공손히 고개를 숙이고 방에서 나갔다.

―내가 상류층이 되고 2주가 지났다.

나는 어느새 이 성의 간판격인 존재가 되었지만 요즘 들어 불만인 점이 하나 있었다.

"좋은 아침입니다, 사토 님. 오늘 아침은 사토 님께서 희망하셨던 캐비아 된장 수프입니다."

하이델은 그렇게 말하면서 아침 식사가 놓인 쟁반을 침대 곁으로 가져 왔다.

"하이델, 항상 성심성의를 다해 내 시중을 들어줘서 고마워. 진심으로 감사하고 있어. ……하지만, 지금 생활에 불만이 딱 하나 있어."

하이델은 내 말을 듣더니 화들짝 놀라며 고개를 숙였다.

"죄송합니다, 사토 님. 사실 이 하이델도 이미 사토 님께서 불만을 느끼고 계시다는 걸 눈치채고 있었습니다.”

역시 완벽 그 자체인 집사 하이델이다.

내 불만을 꿰뚫어보고 있었구나.

“매일 아침에 된장 수프가 나오는 게 불만이신 거죠?”

“아냐! 그런 게 아니라고! 뭐, 이 된장국도 이상하긴 해! 고급 식재료가 들어간 요리를 매일 준비해달라고 부탁하기는 했거든? 그래도 왜 그런 걸 전부 된장국에 집어넣는 건데! 캐비아 된장국? 결국 시큼한 된장국이잖아!”

나는 하이델을 똑바로 쳐다보며—.

“저기, 나를 요즘 성가신 놈 취급하고 있지 않아?”

나는 요즘 들어 느꼈던 의문을 밝혔다.

“………………그렇지 않습니다.”

“방금 왜 그렇게 뜸을 들인 건데?! 왜 즉시 대답하지 않은 거냐고! 어이, 시선 피하지 마! 대체 뭐가 어떻게 된 건데?!”

예전에는 성에서 마주치는 사람들마다 아이리스를 위해 힘써줘서 고맙다는 듯이 나에게 감사의 말을 건넸다.

하지만 2주가 지난 지금은 대체 언제까지 여기서 이러고 있을 거냐는 듯이 나를 째려보기만 했다.

하이델은 내 말을 듣더니 난처한 표정을 지으며 입을 열었다.

“사토 님은 짐작가시는 구석이 없으십니까?”

“글쎄. 다크니스가 초대받은 파티에 내가 숨어 있는 케이크를 보냈던 것 때문이야? 결국 누가 보낸 건지 알 수 없는 케이크를 어떻게 먹느냐면서 그대로 반품했으니 노 카운트 아냐? ……그리고 문제가 될 만한 건, 아이리스가—."

내가 말을 이으려던 순간, 문 쪽에서 노크 소리가 들리더니 메이드인 메어리가 안으로 들어왔다.

"실례하겠습니다. 더스티네스 님께서 사토 님을 찾으시니, 지금 바로 응접실로 와주십시오—."

3

"돌아가자."
"거절한다."
응접실.
그곳에서는 돌아가기 싫다며 엉엉 울고 있는 아쿠아, 어이없다는 표정을 짓고 있는 메구밍, 그리고 돌아가기 위해 짐을 챙긴 다크니스가 기다리고 있었다.

다크니스가 나를 불렀다는 말을 들은 시점에서 이 사태를 예상했던 나는 그녀의 단호한 말을 딱 잘라 거절했다.

다크니스도 내가 이럴 걸 예상했던 건지 땅이 꺼져라 한숨을 내쉬었다.

"어이, 카즈마. 2주 동안 왕성 생활을 즐겼지? 환대도 충분히 받았지? 예전에는 사람들이 너에게 꽤 감사했지만, 지금은 성가시게 여기고 있다. 그럴 만도 하지. 매일같이 난리법석을 쳤으니까. 모처럼 좋아진 네 평판이 이런 일로 나빠져도 괜찮겠느냐?"

다크니스는 그렇게 말하면서 나에게 편지 몇 통을 건네줬다.

이미 개봉되어 있는 걸 보면 안에 들어있는 편지를 읽어보라는 것이리라.

"……『사토 카즈마 님. 저는 크면 마검의 용사님이나 저티스 왕자님이 아니라, 사토 님처럼 되고 싶어요. 엄마 말이 사토 님은 최약체 직업인데도 나쁜 녀석들을 잔뜩 해치운 대단한 사람이래요. 저도 사토 님처럼 되고 싶어요』……?"

그것은 흔히 팬레터라고 부르는 것이었다.

나는 다른 편지도 읽어봤다.

"『사토 님께. 아빠가 신문을 읽어줬어요. 거기에는 사토 님이 아이리스 님을 구했다고 적혀 있었어요. 제가 좋아하는 아이리스 님을 구해주셔서 정말 고마워요. 크면 사토 님의 아내로 삼아주세요』."

어린 아이가 쓴 것 같았다.

서툰 글씨로 쓰인 그 편지에는 아이리스를 닮은 소녀의 초상화가 그려져 있었다.

다른 편지도 읽어보던 나는 마지막 편지를 펼쳤다.

"『사토 님께. 사토 님은 정말 약하다고 들었어요. 아빠도,

엄마도 그렇게 말했어요. 그렇게 약한데도 마왕군 간부를 가장 많이 해치운 이상한 분이래요. 저는 어려운 건 잘 모르지만, 사토 님은 약한데도 지금까지 열심히 싸워왔으니 이제 푹 쉬어도 된다고 생각해요. 부디 몸조심하며 오래 사세요. 아이리스 님을 구해주셔서 정말 고마워요!』"

나는 그 편지를 읽고, 가슴 속에서 뭔가가 끓어오르는 것을 느꼈다.

그런 나의 얼굴을 본 다크니스가 장난기 섞인 표정을 지으며 빙긋 웃었다.

"……어떠냐? 그 아이가 편지에 쓴 것처럼 여기서 푹 쉴 것이냐? 자, 아쿠아도 어리광 그만 부리고 이거나 읽어라."

다크니스는 그렇게 말하더니 나한테서 넘겨받은 편지를 아쿠아에게 건네줬다.

"표정이 괜찮아졌구나. 그래야 내가 인정한 남자지. 액셀에 돌아가면 나만이라도 네 어리광을 받아줄 테니까 그걸로 만족해라."

그리고 다크니스는 의기양양해 하듯, 그러면서도 왠지 기뻐하며 그렇게 말했다.

"……미인계와 협박밖에 못하던 너도 꽤 성장했네. 이런 편지를 읽으면 여기에 남겠다는 소리를 못하잖아. 내가 어리광쟁이인 건 알지? 집에 돌아가면 내 어리광을 왕창 받아달라고."

"좋다! 나만 믿어라! 원하면 네 등도 씻겨주마."

……나와 다크니스가 그런 소리를 하며 웃고 있을 때였다.

"어이, 아까부터 남들 앞에서 러브러브하지 말고 여기가 어디인지를 떠올려봐라. 그딴 건 집에 돌아가서 하란 말이에요."

"따, 딱히 러브러브한 적 없다! 에, 엘로드에서 카즈마에게는 말했다만, 지금까지 도움을 받은 답례를 아직 안 했다고 할까……. 귀족으로서…… 저기……."

다크니스가 목소리 톤을 낮추고 몸을 점점 웅크리자 눈이 새빨갛게 변한 메구밍이 그녀의 어깨를 흔들어냈다.

"저보다 나이도 많으면서, 정말 미적지근하다니까요! 다크니스는 이제 그만 태도를 분명하게 하세요! 이제 와서 등을 씻겨준다고요?! 보쌈을 하려고 한 적도 있으니까, 저처럼 당당하게 마음을 밝히란 말이에요! 그러면 제가 전력을 다해 박살내줄게요!"

"나, 나를 박살내겠다는 것이냐?! 나는 메구밍 같은 감정은……. 그, 그리고 귀족이기 때문에 어엿한 귀족을 데릴사위로 들이지 않았다간 가문의 명맥이 끊기고 마는데……."

다크니스는 양손의 손가락을 꼼지락거리면서 그런 소리를 했고 메구밍은 분노를 터뜨렸다.

"얼마 전까지만 해도 단호하게 맞선을 거부했으면서, 이제 와서 가문을 핑계 삼는 건가요?! 정말 꼴사납네요! 카즈마도

한마디 해주세요! 카즈마? 아까부터 왜 히죽거리는 거죠?"

그런 두 사람을 쳐다보며 나는 자신이 어디 내놔도 부끄럽지 않을 만큼 어엿한 하렘 계열 주인공일 거라고 생각했다.

얼마 전에는 메구밍과 아이리스에게 나를 어떻게 생각하는지 물어봤다가 꽤 괜찮은 대답을 들었다.

나는 둔감 계열 주인공이 아니다.

툭하면 말도 안 되는 변명을 늘어놓으며 자기 마음을 얼버무릴 만큼 솔직하지 못한 다크니스가 나에게 마음이 있다는 사실을 민감하게 눈치챘다.

또한 이 두 사람이 나를 차지하기 위해 쟁탈전을 벌이게 만들고 싶었다.

아니, 성장한 아이리스도 포함하면 세 명이다.

인기 있는 남자는 항상 이런 기분이었던 걸까.

그리고 리얼충들이 연애는 서로를 의식하고 있는 사귀기 직전 상태가 가장 달콤쌉싸름하면서 즐겁다고 말했던 것도 납득이 됐다.

그것도 그럴 것이, 내가 누군가와 사귀게 된다면 이제 두 사람의 이런 모습을 볼 수 없을 테니까 말이다.

평소 같으면 이쯤에서 말리거나 달래겠지만—

"왠지 앞으로 한 시간은 두 사람의 이런 모습을 보고 싶어."

"이 남자는 정말!"

메구밍이 타깃을 다크니스에게서 나로 바꾸며 달려들려고

한 바로 그때였다.

"좋아. 저기, 카즈마. 나, 결심했어!"

지금까지 팬레터를 읽고 있던 아쿠아가 갑자기 벌떡 일어서더니 그렇게 말했다.

"우리의 당초 목적을 떠올려봐. 우리의 소망은 나쁜 마왕을 쓰러뜨리는 거야. 그래서 세계에 평화를 가져오는 거잖아! 이 아이들의 편지를 보고 우리가 해야 할 일을 깨달았어! 자, 카즈마! 액셀로 돌아가서 레벨을 올리자! 약해빠진 너를 용사로 만드는 게 여신인 나의 사명이야! 지금이야말로 물의 여신으로서, 이 아이들에게 미래를 선물해줄래!"

나는 이 녀석이 갑자기 왜 이러는 건지 몰라 의아해했지만, 그러고 보니 이 녀석은 옛날부터 남들에게 쉽게 영향을 받는 타입이었다.

하지만 나도 아쿠아의 심정을 조금이나마 이해할 수 있었다.

"알았어, 아쿠아. 액셀 마을에 돌아가자. 초심으로 돌아가서 모험가답게 퀘스트를 수행하는 거야. 그리고 감을 되찾으면 마왕군 놈들에게 본때를 보여주자고. 우리의 활약을 지켜봐주고 있는 사람들이 있어. 응원해주는 아이들이 있어. 그러니 어디 한 번 최선을 다해볼까!"

그렇다. 원점회귀다.

요즘 들어 계속 이런저런 일에 치이며 살았지만 원점으로 되돌아가서 모험가가 되었던 날을 떠올리는 것이다.

이세계에 왔다는 걸 기뻐하고 이곳에서라면 새로운 삶을 살 수 있을 거라 맹세했던 그 날을 말이다.

"역시 카즈마야. 요즘 들어 로리마 씨라고 불리는 남자다워!"

"어이, 그 별명은 대체 누가 지은 거야?! 카오물이나 카레기 같은 건 차라리 괜찮지만, 그것만은 안 돼!"

4

그날, 다크니스 일행은 먼저 액셀 마을로 돌아갔다.

사실 나도 같이 돌아갈 예정이었지만 아이리스의 쓸쓸한 표정을 보고 뜻을 굽히고 말았다.

딱 하루.

아이리스는 요즘 영웅으로 추앙되면서 바빴으니 오늘 밤만은 나와 단둘이서 이야기를 나누고 싶다며 매달렸다.

다크니스와 메구밍은 아이리스의 진심어린 말을 듣고 쓴웃음을 지으며 그걸 허락했다.

그리고—

"오라버니는 이 방에 오랜만에 오셨죠? 자, 이쪽으로 오세요. 클레어가 준 과자를 내올게요."

나는 저녁 식사를 마친 후 아이리스의 방에 갔다.

내가 파티를 해도 될 만큼 넓은 방을 두리번거리고 있을 때, 뭔가를 눈치챈 아이리스가 침대 옆 테이블에 놓인 것을 베개 밑에 숨겼다.

"어라, 뭐하는 거야? 아하~, 야한 책을 숨긴 거지? 뭐, 아이리스 정도 나이면 그런 거에 관심이 있을 거야. 하지만 그런 걸 아무데나 뒀다간 메이드가 버릴지도 몰라."

"그, 그런 게 아니에요! 숨긴 건 바로 이 반지란 말이에요!"

아이리스가 허둥대면서 베개 밑에서 꺼낸 것은, 내가 엘로드에서 그녀에게 선물로 사줬던 싸구려 반지였다.

"클레어가 이런 싸구려 반지는 왕족에게 어울리지 않는다면서 빼앗아가려고 했어요. 그래서 이건 밤에 잘 때만 껴요……."

아이리스가 그렇게 말하며 부끄러운 듯이 나를 올려다봐서 확 이대로 성에 남아버리자는 생각이 한순간 들었지만, 나는 마음을 굳게 먹었다.

딱 하루만 더 머물겠다는 약속으로 나 혼자만 왕성에 남은 것이다.

만약 내가 왕성에 남겠다는 소리를 했다간 그 세 사람도 분노를 터뜨리겠지.

나는 파괴력이 끝내주는 아이리스의 눈길을 똑바로 쳐다보지 않기 위해, 그녀가 양손으로 소중히 감싸 쥐고 있는 반지를 쳐다보았다.

"역시 더 비싼 걸 사줄 걸 그랬네. 돈이 없는 건 아니지만, 가게에서 파는 반지가 그것뿐이었어. 미안해. 비싼 반지였으면 그런 소리를 듣지 않았을 텐데……."

"아뇨. 저는 이게 마음에 들어요. 고가의 반지는 커다란 보석이 박혀 있어서 투박하지만, 이건 돌이 조그마해서 귀엽거든요."

아이리스는 기쁨이 어린 목소리로 그렇게 말하더니 방금 손에 낀 반지를 응시했다.

큰일 났다. 아이리스의 말 한마디 한마디에 마음이 흔들리고 있다.

사토 카즈마, 정신 차려. 이 애는 여동생이야. 내 여동생이라고.

게다가 나는 로리콤이 아냐. 성장해서 어른이 된 다음이라면 몰라도, 아이리스는 아직 연애대상으로 삼기엔 너무 어려.

게다가 나는 요즘 들어 메구밍과 꽤 가까워졌잖아.

나는 자기 자신이 이렇게 쉽게 흔들리는 바람둥이였다는 사실이 믿기지 않았다.

"뭐, 아이리스가 기뻐해주니 나도 기분이 좋네. 그것보다, 오늘은 뭘 할까? 보드 게임이라도 할래? ……잠깐만 있어봐. 그러고 보니 엘로드에서 카드 게임을 샀어. 아이리스한테는 내 서브 덱을 빌려줄 테니까, 그걸로 놀자."

내가 그렇게 말하고 카드 게임을 가지러 가려 하자, 아이리스는 내 옷자락을 살며시 움켜잡더니—

"잠깐만요. 오늘은 게임을 안 할래요. 그것보다 모처럼 단 둘이 있는 거니까, 오라버니의 이야기가 듣고 싶어요."

—라고 말하면서, 배시시 웃었다.

"—그래서 나는 이렇게 말했어. 「평일 이 시간대에 같은 게임을 하니까, 나와 너는 적이 아냐. 자, 우리 길드에 들어와. 너의 진정한 동료는 우리 길드에 있어……」라고 말이야. 이렇게 최강의 폐인으로 유명했던 그 남자는 우리 길드로 이적했고, 우리는 명실공히 초거대 길드가 됐어. 그 다음에는…… 뭐, 이런저런 일이 있어서 길드가 붕괴됐지만, 그건 다음 기회에 이야기해줄게."

"잠깐만요. 오라버니는 내일 돌아갈 거니까, 다음 기회가 언제 찾아올지 알 수 없잖아요! 하다못해 어떤 일이 있었는지 조금만 말해주세요!"

나와 아이리스는 침대에 앉아서 옛날이야기를 나누고 있었다.

뭐, 주로 내가 이야기를 하고 있지만 말이다.

성에서 살았던 아이리스는 자극적인 추억이 거의 없는 것 같았다. 그래서 그런지 내 옛날 이야기를 듣고 싶어 했다.

"어쩔 수 없네. 조금만 해줄게. ……어느 날, 우리 길드에 신입이 들어왔어. 그 녀석의 이름은 《어둠†천사》. 여자 신입 한 명의 가입이, 길드 붕괴의 방아쇠가 된 거야."

"잠깐만요! 그렇게 흥미진진한 이야기를 해놓고, 뒷내용은 다음에 해주겠다는 건 너무하지 않나요?! 그 여자 분이 대체 뭘 한 거죠?! 너무 궁금해서 잠을 못 잘 것 같아요!"

이 이야기는 거의 흑역사나 다름없지만 아이리스는 엄청 관심을 가졌다.

"무슨 일이 있었던 건지는 자세하게 이야기하고 싶지 않은데…… . 뭐, 일단『공주』라는 말만 해두도록 할까."

"공주, 라고요? ……앗?! 설마 그 공주님과 길드 분이 사랑에 빠졌다, 든가……?"

일본의 인터넷 게임에서의 공주 플레이에 대해 이야기했는데 아이리스는 바로 이해했다.

대충 둘러대려고 했는데도 불구하고 본질을 꿰뚫어본 것 같았다.

"용케도 눈치챘네. 그래. 그 공주 덕분에 난리가 난 거야"

"그렇군요. 하긴, 신분이 차이 날 테니까요……."

나는 납득한 표정을 짓고 있는 아이리스가 뭔가를 움켜쥐고 있다는 사실을 눈치챘다.

내 시선을 눈치챈 아이리스는 부끄러워하면서 쥐고 있던 것을 슬며시 내밀었다.

"저기, 이걸 받아주세요. 실은 두목님…… 메구밍 씨한테 홍마족 사이에서 전해져 내려오는 부적을 만드는 법을 들었어요. 오라버니는 툭하면 이상한 일에 휘말리니까, 조금은 도움이 될까 해서……."

그것은 예전에 메구밍한테서도 받은 적이 있는, 홍마족 사이에서 전해져 내려오는 부적이었다.

내 기억에 따르면 강한 마력을 지닌 홍마족의 머리카락을 넣어서 만드는 부적이다.

"고마워. 나도 이제 그만 평온한 인생을 살고 싶지만, 성 가신 일들이 계속 주위에서 일어나거든. 뭐, 대부분 내 동료 들이 일으킨 문제지만."

내가 그 부적을 호주머니에 집어넣자 아이리스는 기뻐했다.

"오라버니가 돌아가 버리면 저는 함께 모험을 할 수 없어 요……. 그러니 하다못해 이 부적만이라도 가져가 주세요."

그리고 아이리스는 쓸쓸한 미소를 지었다.

"—이야기에 열중하다 보니 이렇게 밤이 깊은 것도 몰랐 네. 그럼 나는 방으로 돌아갈게."

부적 때문에 생긴 멋쩍으면서도 울적한 무드를 떨쳐내려 는 것처럼 한동안 이런저런 이야기를 하다 보니 어느새 밤 이 깊었다.

이곳에 더 있다간 클레어가 화를 내며 이 방에 쳐들어올 것 같았다.

내가 걸터앉아있던 침대에서 일어나려—.

"……싫어요."

—하자, 아이리스가 내 옷자락을 꼭 움켜잡았다.

"너, 너무 걱정하지 마. 또 만나러 올게. 클레어가 화를 내든, 문지기가 막든, 나에게는 다크니스한테 받은 이 펜던트가 있거든. 클레어 녀석의 펜던트는 빼앗겼지만, 더스티네스 가문의 문양이 새겨진 이 펜던트가 있으면 자유롭게 성에 드나들 수 있어. 그러니까……."

"싫어요. 때때로 놀러오는 걸로는 만족할 수 없어요. 아까는 저를 대신해 부적만이라도 가지고 가달라고 했지만, 역시 저도 같이 가고 싶어요. 또 오라버니 파티와 함께 여행을 하고, 모험을 하며, 다양한 체험을 하고 싶어요!"

어린애 같은 감정을 폭발시킨 아이리스는—.

"저에게 더 많은 걸 가르쳐 주세요! 이 성에서 보낸 12년보다, 오라버니와 함께 여행을 한 그 짧은 시간이 훨씬 더 충실하고 즐거웠어요. 저를 두고 가지 마세요. 또, 같이……."

거기까지 말한 아이리스는 자신이 무슨 말을 했는지 그제야 깨달으며 입을 손으로 막았다.

고개를 숙인 채 몸을 웅크린 아이리스는 드래곤 슬레이어라는 엄청난 칭호를 얻은 인물로는 보이지 않을 만큼 여려 보였다.

"죄송해요. 어리광을 부리고 말았어요……. 오라버니와 함께 있으면, 무심코 어리광을 부리게 돼요. 저는 한 나라의 왕녀로서, 백성을 지켜야 하는 의무를 지녔는데……."

왕녀로서 자라온 소녀는 아마 항상 인내심을 가져야 한다는 말을 들으며 살아왔을 것이다.

당연했다. 왕녀를 꾸짖을 수 있는 사람은 몇 안 되니까.

아마 클레어나 다크니스 뿐이리라. 하지만 그 중 한 명은 툭하면 과잉보호를 하는 호위이고 다른 한 명은 액셀 마을에 살고 있다.

"아이리스, 너는 아직 열두 살밖에 안 되었으니까 어리광을 부려도 돼. 전에 내가 말했지? 왕족이니까 주위 사람들에게 어리광을 부려도 된단 말이야. 내가 왕성에서 지내면서 얼마나 어리광을 부렸는지 잘 알잖아? 나를 본받아서 인생을 즐기면서 살아."

나보다 훨씬 강할 뿐만 아니라, 인내심도 강한 이 왕녀님은—

"오라버니, 제 어리광을 너무 받아주지는 마세요. 오라버니와 같이 있다간, 이곳에 남아달라는 억지를 부리고 말 것 같아요."

—눈물을 글썽이며 미소 지었다.

……맙소사. 큰일 났다.

이 흐름은 여러모로 위험하다. 나도 더는 버티지 못할 것 같았다.

"오라버니가 마왕을 쓰러뜨리는 날까지, 저는 아무에게도 어리광을 부리지 않을 거고, 억지도 부리지 않겠어요. 그러니까……."

아아, 큰일 났다.

뭐가 큰일 났냐면, 이런 어린애 때문에 마음이 흔들릴 것 같은 나 때문에 큰일 났다.

"그러니까, 하다못해 오늘 밤만……. 아주 조금만 제 어리광을 받아주세요."

이런 말을 하며 나를 꼭 끌어안는 아이리스 때문에 큰일 났다.

그리고 마음만 먹으면 법을 뜯어고쳐서 뭐든 합법으로 만들 수 있는 왕족이라는 점 때문에 큰일 났다.

크으, 이러면 안 돼!

아이리스는 여동생이잖아! 그리고 나는 로리콘이 아냐!

이대로 가다간 변명조차 할 수 없다.

이 세계에서는 합법일지라도 일본인의 상식에 비춰보면 메구밍조차 법에 저촉되는 것이다.

내가 그런 심적 갈등에 휩싸여 있을 때 아이리스가 내 품에 쏙 안겼다.

부모님이 왕성을 비울 때가 잦다고 들었으니 어리광을 어떻게 부리는 건지도 잘 모를 것이다.

자신의 힘이 평범한 이들보다 훨씬 뛰어나다는 사실도 알기에, 머뭇거리면서 서서히, 그리고 매달리듯 손에 힘을 주더니……!

"나나, 나한테라면 오늘 밤만이 아니라 언제든 어리광을 부려도 돼."

나는 긴장한 나머지 또 이상한 소리를 했다. 아차!

내가 돌아오기만 기다리고 있는 그 녀석들은 어떻게 할 거야. 여기서 아이리스에게 휘둘릴 때가 아니라고…….

요즘 들어 메구밍과 사이가 좋아졌는데, 이대로 돌아가지 않는다면 여러모로 골치가 아플 거야.

게다가―.

"오라버니. ……아뇨."

사토 카즈마, 잘 생각해봐.

너는 액셀로 돌아갈 거잖아.

아이들의 그 편지를 떠올려봐. 그 편지를 읽고 아직 몇 시간도 지나지 않았다고…….

그래.

나는 아이리스를 위해서라도 마왕을 쓰러뜨려야 해.

맞아. 아이들을 위해, 아이리스를 위해…….

그리고, 그게 이 세계의……!

"오빠."

…………………….

"정말 좋아해……!"

나는 역시 이곳에 남기로 했다.

5

아쿠아 일행이 액셀에 돌아가고 일주일이 지났다.

이곳에 남기로 결심한 나는 아쿠아 일행에게 편지를 보냈다.

역시 액셀에는 돌아가지 않기로 했다.

왕성에서 계속 지낼 거니까, 액셀에 남겨둔 짐과 내 방에 두고 온 약간의 재산, 저택은 너희 마음대로 해도 된다.

최약체 직업인 내가 없어도 너희라면 분명 마왕을 쓰러뜨릴 수 있을 테니 왕성에서 응원하겠다.

그런 내용의 편지를 보낸 그날, 다크니스에게서 답장이 왔다.

바보 같은 농담을 하지 말라는 그 내용을 보니 쓴웃음을 짓고 있는 다크니스의 모습을 쉬이 상상할 수 있었다.

쓸쓸해 하는 아이리스를 보다 못해, 하루 더 왕성에서 묵기로 했다고 생각하는 것이리라.

편지의 내용에서는 상냥함이 묻어나고 있었으며 아이리스 님이 울지 않도록 잘 달래주되, 가능한 한 빨리 돌아오라는 글이 적혀 있었다.

—그리고 사흘 후.

도착한 편지의 내용은 지난 번 편지보다 조금 진지했다.

—그로부터 이틀 후, 약간 열 받은 듯한 내용의 편지가 왔으며…….

그리고 방금—.

내가 묵고 있는 방의 문에서 노크 소리가 들렸다.

"카즈마 님, 잠시 이야기를 나누지 않겠느냐?"

그 목소리의 주인은 클레어였다.

내가 홍차를 끓여준 하이델을 향해 고개를 끄덕이자 그는 바로 문을 열었다.

"클레어, 무슨 일이야? 나한테 볼일이라도 있어?"

"볼일? 당연히 있지. 카즈마 님은 내가 하려는 말이 뭔지 짐작이 될 텐데?"

클레어는 뭔가를 참듯, 또한 나에게 빚을 졌기에 말을 골라가면서 입을 열었다.

"이 성 안에서의 그대의 평판이 어떤지 알고 있느냐?"

"물론 알고 있어. 꽤 악질적인 중상모략을 당하고 있는 것 같지만 걱정하지 마. 내 멘탈은 이 정도 일로는 끄떡도 안 하거든. 나는 명절에 모인 사촌들의 비아냥거림도, 친척들의 설교도 견뎌내며 백수 인생을 관철해온 남자라고."

클레어는 그 말을 듣더니 뭔가를 참는 반응을 보였다.

"그래? 그거 다행이구나. 그 강력한 정신력으로 이 나라에 막대한 공헌을 해온 귀하에게 부탁하고 싶은 일이 있다."

"뭔데? 뭐, 내가 할 수 있는 일이라도 있어?"

클레어는 이런 소리를 늘어놓고 있지만 나쁜 녀석은 아니다.

나와 클레어는 아이리스라면 껌뻑 죽는다는 공통점을 지닌 동지이기도 했다.

가능한 한 그녀를 도와주고 싶었다.

"있죠. 암, 있고말고요!"

클레어는 갑자기 존댓말로 그렇게 말하더니 손바닥을 뒤집은 것처럼 싱글벙글 웃었다.

그런 클레어의 뒤편에서—.

"오랜만이에요, 카즈마 님."

아이리스의 교육 담당이자 마법사인 레인이 모습을 드러내더니 방 안으로 들어왔다.

이 두 사람이 왜 같이 나를 찾아온 걸까.

레인은 내 의문에 답해주듯 약간 머뭇거리면서 입을 열었다.

"저기…… 카즈마 님이 아이리스 님을 돕기 위해 엘로드에서 힘써주셨다는 건 알고 있습니다. 그리고 카즈마 님이 이곳에 남아서, 아이리스 님에게 매일 밤 다양한 이야기를 해주신 덕분에 아이리스 님이 매우 밝아지셨을 뿐만 아니라, 항상 즐거워 보이시죠……."

그런 레인의 말을 이어받듯 클레어가 입을 열었다.

"예. 즐거워 보이십니다. 그 점에 있어서는 감사드립니다.

언제 마왕군에게 습격을 당할지 모르는 왕도에서 아직 어리신 아이리스 님이 얼마나 불안에 떠셨을지……. 그걸 해소해 주고 계신 점에는 진심으로 감사드립니다. 그리고 당신의 그런 면에 더스티네스 경이 끌린 거라고 생각합니다. ……하지만, 하지만 말이죠……!"

대체 클레어와 레인은 무슨 말이 하고 싶은 걸까.

내가 그런 생각을 하고 있을 때, 또 노크 소리가 들렸다.

문은 열려 있지만 예의상 노크를 한 것이리라.

그리고 문틈으로 고개를 쏙 내민 이는 일전의 쓸쓸함이 전부 사라져버린 것처럼 표정이 밝아진 내 여동생이었다.

요즘 들어 내가 가르쳐준 일본의 말을 스펀지처럼 흡수하더니, 그것들을 완벽하게 자신의 것으로 만든 아이리스가 즐거운 어조로 이렇게 말했다.

"오빠, 이런 시간까지 퍼질러 자는 거예요? 날씨가 대박 좋으니까, 도시락 싸달라고 해서 밖에 나가서 끝장나게 먹어 보지 않을래요?"

클레어와 레인은 그 말을 듣더니 그대로 나를 향해 고개를 숙이며 엉엉 울었다.

""카즈마 님, 부탁입니다! 돌아가 주십시오!""

끝장나게 사양하겠다.

"─저쪽으로 도망쳤다! 잡아라~!"

몇 시간 후.

나는 불합리하게도 병사들에게 쫓기고 있었다.

나는 지금까지 이렇게 머리를 써가면서 처절한 격전을 펼친 적이 없었다.

……아, 그러고 보니 딱 한 번 있었네. 그때도 아이리스와 얽힌 일이었지.

"상대가 한 명이라고 얕보지 마라! 마왕군 간부들과 거물 현상범을 해치운 남자다! 무슨 짓을 할지 모른단 말이다!"

나를 쫓고 있는 클레어의 목소리가 들렸다.

바로 그때, 여러 명의 병사가 나를 막아섰다.

"손님, 이 앞으로 보내드릴 수는 없습니다!"

"부디 헛된 저항은 하지 마시고 순순히……!"

나는 그런 병사들의 말에는 귀도 기울이지 않고, 품속에 손을 집어넣은 후 작은 목소리로 중얼거렸다.

"『크리에이트 어스』."

처음 당한 상대라면 누구나 걸려드는 전법이었다.

"뭐, 뭐하시는 겁니까?"

그런 나를 본 병사들의 당황한 목소리를 들으면서─.

"『윈드 브레스』!!!"

"윽?! 크아아악?!"

"눈이……!"

눈에 흙이 들어간 여러 병사들이 몸을 웅크렸다.

그리고…… 그 중 한 명은 나를 꽁꽁 묶기 위한 로프를 쥐고 있었다.

몸을 웅크린 채 저항을 하지 못하는 그 병사에게서 로프를 빼앗은 후 나는 계속 도주했다.

나는 이대로 이 녀석들을 따돌리고 아이리스의 곁으로 가야만 한다.

그렇다. 나는 아직 돌아갈 수 없다.

아이리스만 만난다면 교묘하게 구워 삶…… 아니, 설득해서 내 편으로 삼을 수 있을 것이다.

나는 달려드는 병사의 코를 손바닥으로 감싸듯 움켜잡은 후ㅡ.

"『크리에이트 워터』!"

"커억!"

코를 통해 물이 흘러들어오자 그 병사는 눈물을 흘리며 쿨럭거렸다.

"카, 카즈마 님! 아까부터 당신이 쓰고 있는 이 전법은 설마……!"

그런 나를 본 클레어는 뭔가를 눈치챈 것처럼 경악을 금치 못했다.

한편, 나는 능숙하게 도망 다닌다고 생각했지만 어느새 궁지에 몰리고 만 것 같았다.

무심결에 들어선 길이 막다른 골목이라는 사실을 눈치챈 순간, 등 뒤에서 클레어의 목소리가 들려왔다.

"……하아, 제 눈은 옹이구멍이나 다름없었군요."

고개를 돌려보니 여러 명의 병사를 거느린 클레어가 눈에 들어왔다.

나는 어떻게든 그들을 돌파한 후 아이리스를 만나러 가야만 한다.

나는 그런 결의를 가슴에 품으며 클레어와 대치했다.

"유감이야, 클레어. 아이리스의 어릴 적 이야기를 들으며 너와 마시는 술은 정말 각별했거든. 이런 식으로 만나지 않았다면, 우리는 분명 단짝 친구가 될 수 있었을 거야."

"카즈마 님……. 저도 이런 식으로 당신과 헤어지게 되어 정말 유감입니다. 그리고 당신에게 감사 인사를 드리고 싶군요. 일전에 아이리스 님을 위험한 마도구로부터 구해주셔서 감사합니다. 하지만……."

"……하지만?"

클레어는 내 질문에 뽑아든 칼로 답했다.

흐음, 클레어는 평소와 분위기가 완전 딴판인걸.

그렇다면—.

"아이리스 님의 반지를 훔쳐간 것만은 용서할 수 없다. 자, 반지를 돌려주실까. 그 반지는 그대가 가지고 있어도 되는 물건이 아니다. 돌려주지 않겠다면, 당신의 정체를 세간에 공표할 수밖에 없지. 아이리스 님이 슬퍼하시겠지만 어쩔 수 없다. 자, 그게 싫다면 순순히……."

나도 전력을 다해 상대해주지 않는다면 실례일 것이다.

"너는 공표할 수 없어. 왜냐면 아이리스가 오빠라고 부르며 따르는 인간이 의적이라는 게 알려지면 왕가의 체면이 손상될 테니까. 자, 비켜주실까, 흰색 정장. 안 그러면 네가 엉엉 울며불며 난리치게 만들 수밖에 없다고."

내가 클레어의 말을 끊으면서 그렇게 말하자—.

"예, 예를 들자면……?"

예전 같았으면 클레어는 방금 내가 한 말을 허풍으로 여기며 코웃음을 쳤을 것이다. 하지만 지금은 화를 내지 않을 뿐만 아니라 금방이라도 울음을 터뜨릴 것 같은 표정을 짓고 머뭇머뭇 나에게 그렇게 물었다.

심경의 변화라도 있었던 걸까?

내가 예전에 성에 침입했던 도적이라는 걸 알았기 때문일까?

아니면 오늘 활약을 두 눈으로 똑똑히 봤기 때문일까?

뭐, 그런 건 아무래도 좋다.

나는 아이리스의 곁에 가서 그녀를 더욱 교육시킬 뿐이다.

나는 그런 결의를 품고 손에 쥔 로프를 들어보였다.

"이 로프로 바인드 스킬을 사용해 너를 꽁꽁 묶은 다음, 네가 엉엉 울면서 사과할 때까지 스틸을 걸어줄 거야."

"히, 히익! 자, 잠깐만! 그러지는 말아다오, 카즈마 님! 나는 이래 봬도 귀족 가문의 여식이다! 그런 내가 남들이 보는 앞에서, 그, 그런 짓을……. 아, 안 할…… 거죠?"

클레어가 불안한 목소리로 그렇게 묻자 나는 위협을 하듯 로프를 붕붕 돌리며 말을 이었다.

"참고로 나는 다크니스에게 물을 뿌린 적도 있을 뿐만 아니라, 꽁꽁 묶은 다음에 마차로 질질 끌고 다닌 적도 있어. 뭐, 믿든 말든 그건 네 자유지만 말이야."

"후퇴~!"

클레어는 표정을 굳히더니 비명에 가까운 목소리로 후퇴 명령을 내렸다.

하지만 이 자리에 있는 병사들은 살금살금 나에게 다가왔다.

이렇게 숫자로 밀어붙인다면 내 힘으로는 어떻게 할 수 없다.

"클레어 님, 저희만 믿으십시오! 저 자는 저희가 잡겠습니다……!"

상대는 네 명이다.

그리고 저 병사들은 아까 내가 다른 병사들에게 한 짓을 봤다.

그렇다면 그들에게 같은 방법은 통하지 않을 것이다.

"자, 손님. 순순히 저희와 함께……?!"

"『바인드』!!"

병사가 무슨 말을 하려던 순간, 나는 주저 없이 바인드를 펼쳤다.

그 병사는 자신의 검으로 로프를 자르려 했지만 허공을 가르며 날아가는 로프를 베지는 못했다.

그 병사는 검을 쥔 채 꼴사나운 포즈로 로프에 묶이고 말았다.

하지만 꽁꽁 묶이지는 않았으니 곧 검으로 로프를 끊을 것이다.

하지만 이 약간의 틈이면 충분하다!

"잡아라!"

나는 고함을 지르면서 달려드는 병사를 향해 한 손을 내밀고 고함을 질렀다.

"『윈드 브레스』!"

병사는 순간 멈칫했지만 나를 둘러싼 포위망에는 빈틈이 생겼다.

"상대가 할 줄 아는 건 잔재주뿐이다! 겁먹지 말고 단숨에 몰아붙여라!"

그렇게 외친 이는 이들 중 대장 격이려나.

"아, 안 돼! 멈춰라! 그 남자는……!"

클레어가 허둥대면서 뭐라고 외쳤으나 이미 늦었다.

나는 상대의 품속에 스스로 파고든 후 상대에게 악수를 요청하듯 손을 내밀었다.

그 남자가 영문을 모르겠다는 표정을 지으면서 반사적으로 내 손을 잡자, 나는 주저 없이 드레인 터치를 사용했다.

"윽?!"

무너지듯 무릎을 꿇는 그 남자를 보고 겁을 먹은 두 병사는 무슨 일이 일어난 것인지 모르기에 경계심에 사로잡혀서 움직임을 멈췄다.

나는 그 틈을 이용해 병사들을 돌파한 후……!

"이제 그만하세요, 카즈마 님! 이미 이곳은 포위됐어요! 자, 제가 텔레포트로 데려다 드릴 테니, 얌전히 액셀 마을로 돌아가시죠!"

골목을 빠져나오자 열 명이 넘는 병사들이 나를 기다리고 있었다.

그들을 거느린 레인은 새파랗게 변한 얼굴로 나를 쳐다보며 그렇게 말했다.

움직임을 멈춘 내 뒤편에서 병사 두 명과 클레어도 다가오고 있었다.

젠장! 뭔가 방법이 없을까?!

나는 희망을 버리지 않고 머리를 굴렸지만 레인이 데려온 병사들이 나를 빈틈없이 포위했다.

이 정도 숫자의 병사를 제압하는 건 무리다.

하지만 나는 아직 아이리스에게 가르쳐줘야만 하는 게⋯⋯!

"자, 카즈마 님. 이제 저항은 관두시고 순순히 돌아가세요. ⋯⋯지금 약 한 시간 정도 도주극을 벌이는 동안, 얼어붙은 지면 때문에 미끄러져서 다친 사람이 다수, 바인드에 묶여 아직 꼼짝도 못하고 있는 이가 다수, 어떤 방법을 사용한 건지는 모르겠지만 마력이 바닥나서 기절한 자들까지⋯⋯. 용케도 혼자서 이 정도 숫자를 상대했군요. ⋯⋯마치, 저번에 왕성에 침입했던 도적 같아요⋯⋯."

레인은 약간 어이없어 하면서도 감탄한 어조로 그렇게 말했다.

"하아⋯⋯ 하아⋯⋯. 저, 정말, 믿기지 않는 남자야⋯⋯. 미츠루기 님이 두 번이나 진 이유를 질리도록 이해했어⋯⋯. 대체 어떤 스킬을 가진 건지는 몰라도, 우리의 기척을 간단히 파악하고 도망치지를 않나, 궁지에 몰아넣은 줄 알았는데 순식간에 모습을 감추기까지⋯⋯."

나를 몇 번이나 놓쳤던 클레어는 지친 표정으로 그렇게 말했다.

적 탐지와 잠복 스킬을 말하는 것이리라.

그 외에도 독순술 스킬과 천리안 스킬로 이 녀석들의 지시를 멀찍이서 파악했고, 따라잡혔을 때도 도주 스킬을 사용해 도망쳤다.

그렇게 필사적으로 저항했는데도 불구하고 결국 이렇게

포위를 당하고 말았다.

하지만 내가 이 정도로 포기할 남자였다면 마왕군 간부들에게 맞서 싸우는 것도 불가능했을 것이다.

내가 체념했기 때문에 꼼짝도 하지 않는 거라고 생각한 클레어는 나에게 천천히 다가왔지만—.

"어이, 레인. 나와 거래를 하지 않겠어?"

나는 저항을 관둔 척 하면서 레인에게 조용히 말을 걸었다.

그러자 클레어는 표정이 딱딱하게 굳었고…….

레인의 눈썹이 희미하게 흔들렸다.

"레인은 지위가 낮은 귀족 가문 출신이지? 너도 알다시피 나는 다크니스와 친해. 그리고 다크니스의 아버지도 나를 마음에 들어 하셔. 딸을 잘 부탁한다는 말을 할 정도로 가깝지. 더스티네스 가문의 문양이 새겨져 있는 펜던트를 맡길 정도로 말이야."

"안 돼! 레인, 듣지 마라! 저 남자의 말에 현혹되면 안 돼!"

레인이 내 말을 듣고 마른 침을 삼키자 클레어는 새된 목소리로 그렇게 외쳤다.

"……그리고, 아이리스와는 이미 서로를 이름으로 부를 만큼 가까운 사이야. 그 정도로 나를 따르는 아이리스한테서 나를 떼어놓을 생각이야? 과연 아이리스가 그걸 원할까? 이 상황에서 나에게 빚을 지워두면 더스티네스 가문과 아이리스가 너를 좋게 볼걸? 즉, 레인 군. 자네에게 출셋길이 열리는 거지."

"레인, 듣지 마라! 더스티네스 가문에는 빚을 지울지 몰라도, 그건 나에게 빚을 진다는 의미다! 나를 적으로 돌리면 나중에 후회할 거다, 레인! 게다가, 게다가 말이다! 아이리스 님의 장래를 생각해라! 아무리 아이리스 님이 이 남자를 따를지라도, 그 분을 위해서라면 떼어놔야만 한다! 너도 알지 않느냐! 이 남자와 같이 지내다간, 아이리스 님은 점점 나쁜 쪽으로 물들고 말 거다! 아이리스 님이 요즘 어쩌시는지 떠올려보란 말이다!"

나와 클레어 사이에 끼인 레인은 난처한 표정을 지은 채 우물쭈물했다.

레인이 데려온 병사들은 아마 전원이 레인의 사병(私兵)일 것이다.

주군인 레인이 난처해하고 있기 때문인지 나를 잡기 위해 달려들지 못했다.

그리고 레인의 사병이 움직이지 않자, 클레어와 함께 나를 쫓던 병사들도 못 박힌 것처럼 꼼짝도 하지 않았다.

레인은 식은땀을 줄줄 흘리면서 나와 클레어를 번갈아 쳐다보았다.

고민하고 있네. 조금만 더 밀어붙이면 되겠는걸.

"어이, 레인. 잘 생각해봐. 마왕군 간부나 거물 현상범과 싸워온 나는 이 나라에 도움이 될 것 같지 않아? 오늘 나를 쫓으면서 내 실력도 충분히 이해했지? 이 성에 머무르며 아이리스의 놀이 상대가 되어주다가, 여차할 때는 이 성을 지키는 것도 도와줄게. 나는 작전을 짜거나, 상대의 약점을 노리는 게 특기거든. ……어때? 나쁜 제안은 아니지? 아이리스는 같이 놀 상대가 생겨서 행복하고, 나도 행복할 거야. 그리고 국민은 믿음직한 모험가가 늘어서 행복하겠지. 레인은 더스티네스 가문과 아이리스의 마음에 들어서 행복할 거야. 어때? 괜찮은 생각 같지 않아?"

"…………."

"레인, 입 다물지 마라! 오호라, 라고 말하는 듯한 표정으로 손뼉을 치지도 말란 말이다! ……조, 좋다! 레인, 너희 가문은 현재 부채를 안고 있지? 그 부채를 우리 가문이 대신 짊어지겠다! 수천 만 정도였지, 아마? 어때?! 나쁜 제안은 아니지 않느냐?!"

내 말을 듣고 납득하려던 레인은 클레어의 말에 흔들리기 시작했다.

레인은 나를 향해 「죄송해요」라고 작게 중얼거리면서 고개를 숙였다.

클레어는 그 모습을 보고 안심한 표정을 지었다.

―만약 내가 일개 모험가였다면 이대로 전부 끝나고 말 것이다.

그럼 이쯤에서 내 능력을 보여주도록 할까.

"레인, 잘 들어. 내 개인 자산은 현재 10억이 넘어. 이 말의 의미를……."

"자, 잡아라! 이 남자가 더는 입을 놀리지 못하게 하란 말이다!"

내가 말을 끝까지 잇기도 전에 등 뒤로 몰래 다가온 클레어의 부하가 나를 제압했다.

"이, 이 비겁한 녀석들! 지금은 교섭 중이잖아! 도중에 방해하지 마! 어이, 클레어! 너, 또 팬티가 벗겨지고 싶냐?! 너, 아까 레인을 협박하며 자기를 적으로 돌리면 후회할 거랬지? 너야말로 나를 적으로 돌리면 후회할 거라고!"

"알아요! 안다고요, 카즈마 님! 나는 솔직히 말해 그 어떤 정적(政敵)이나 몬스터보다도 당신이 무섭습니다! 개인적인 능력도 뛰어나고, 말주변이 좋을 뿐만 아니라, 인맥도 있죠! 거금을 지녔다는 건 알고 있었지만, 설마 그 정도로 많은 돈을 가졌을 줄은 몰랐어요……!"

클레어는 병사들에게 내 팔을 꼭 움켜잡으라고 지시한 후 말을 이었다.

"레인, 내 지시대로 기억을 지우는 포션을 가지고 왔겠지?"

뭐? 기억을 지워?

그 흉흉한 말을 듣고 불안에 사로잡힌 나를, 병사들은 더세게 움켜잡았다.

"이런 거친 짓을 하고 싶지는 않습니다만, 당신을 아이리스 님의 곁에 뒀다간 악영향만 끼칠 겁니다. 그리고 강제 송환이라는 거친 짓을 하는 이상, 당신은 분명 우리에게 원한을 품겠죠. 솔직히 말해서 나는 무슨 짓을 벌일지 알 수 없는 당신이 무섭습니다. 죄송하지만 더스티네스 님과 함께 액셀에 돌아가기로 결의한 그 날 이후의…… 아이들의 편지를 읽고 의욕을 불태우던 그 때 이후의 기억은 전부 잊어주셔야겠습니다. ……자, 레인!"

어이, 잠깐만 있어봐.

내가 돌아가기로 마음먹었던 그 날 이후의 기억을 지우겠다고?

그럼 내가 아이리스에게 「오빠, 정말 좋아해」라는 말을 들었던 것도…….

"아, 알았어요. 정말 괜찮은 거죠? 이 포션은 부작용으로 바보가 될 가능성이 있다는 비인도적인 이유 때문에 금기시되고 있는 포션인데……. 지, 진짜로 괜찮은 건가요?"

레인은 그런 당치도 않은 말을 하면서 포션을 들고 내 곁에……!

"아, 안 돼! 그런 이상한 걸 나한테 먹이지 마! 너희들, 두고 봐! 지금이 낮이라 다행인 줄 알아! 나는 원래 밤에 진가를 발휘한다고! 암시와 적 탐지, 그리고 잠복 스킬로 그 어떤 저택에도 숨어들 수 있고, 화살만 있으면 먼 곳에서도 너희를 저격할 수 있다고! 두고 봐! 두고 보라고!"

"빠, 빨리! 빨리 그 포션을 먹여, 레인! 무서워! 이 남자, 진짜로 무서워! 아까도 진짜 실력을 발휘하지 않은 거야?! 그러고 보니 이 남자는 미츠루기 님을 질식시킬 뻔했던 흉악한 프리즈도 쓰지 않았어. 즉, 손속에 사정을 두고 있었던 거야! 레인, 서둘러! 빨리 오늘까지의 기억을 깨끗하게 지우란 말이다!"

"저도 오랫동안 아이리스 님을 호위해왔지만, 이렇게 엄청난 사람은 처음 봤어요! 빠, 빨리 포션을……! 자, 카즈마 님! 빨리 입을 벌리세요……!"

두 귀족 영애는 왕성 구석에서 병사에게 잡힌 내 앞뒤로 몸을 밀착시키더니, 손을 사용해 내 입을 억지로 벌리려 했다.

남들에게는 부럽기 그지없는 상황 같아 보일지도 모르지만 헛소리 하지 말라고!

"『틴더』!"

"아뜨뜨! 뜨거워! 아앗! 아끼며 입었던 고급 망토에 구멍이 났어!"

"이 남자, 이런 상황에서도 끝까지 저항을 하다니……! 카즈마 님, 나는 진심으로 당신이 두렵습니다! 레인, 망토라면 나중에 새것을 사줄 테니까, 너는 텔레포트 영창을 해라! 포션은 내가 먹이겠다!"

레인에게서 포션을 빼앗은 클레어가 궁지에 몰린 표정을 지으며 나에게 다가왔다.

왜 네가 그런 표정을 짓는 건데. 궁지에 몰린 건 바로 나란 말이야!

레인이 서둘러 마법을 영창하고, 포션 병이 내 입가에 닿은 바로 그때였다.

"오빠!"

소동이 일어난 것을 알고 뛰어온 것이리라.

아직 꽤 거리가 떨어져 있지만 아이리스는 이곳을 향해 곧장 뛰어오면서 울먹이는 목소리로 나를 불렀다.

공주님이 유린당하기 직전에 용사가 나타나 그녀를 구해 준다.

딱 그런 상황이지만 성별이 뒤바뀌었다.

아이리스는 잡혀 있는 나를 보더니—

"클레어, 오빠에게 무슨 짓을 하려는 거죠?! 저 지금 대박 뚜껑 열릴 것 같거든요?! 관두지 않으면 짱 용서 안 할 거예요!"

"아이리스 님, 대박이니, 짱이니, 오빠 같은 말을 쓰지 마십시오! 아이리스 님께서 화내시는 건 이미 각오했습니다. 그래도 이 남자는 기억을 지우는 포션을 먹인 후, 액셀에 반품하겠습니다!"

아이리스는 자기를 막아선 병사들을 맨손으로 날려버리면서 외쳤다.

"그딴 건 대박 허락 못해요!"

"아이리스 님이 그런 말을 계속 쓰시는 것이야말로 대박 허락 못합니다!"

"클레어 님까지 말버릇이 옮았잖아요! 텔레포트 영창이 끝났어요! 언제든지 반품이 가능해요!"

젠장, 거의 다 됐는데……!

"오라버니!"

막는 것은 불가능하다는 것을 깨달은 아이리스가 걸음을 멈추고 숨을 가다듬더니 필사적인 목소리로 나를 향해 외쳤다.

"오라버니, 다음에 재회한다면 그때야말로 영원토록 함께해요!"

내 귀여운 여동생이 그런 갸륵한 말을 했다.

"아이리스, 이 오빠는 반드시 돌아오겠어! 그리고 그때는 이 성에서 너와 함께 매일같이 놀면서 지낼 거야!"

"이 남자, 이런 상황에서 대체 무슨 소리를 하는 거야?! 자, 입을 벌리세요! 레인, 포션을 먹이자마자 전송시켜!"

클레어가 그렇게 외친 순간, 포션이 내 입에 들어왔다.

즉효성 포션인지 머릿속이 바로 울리면서 단숨에 의식이 멀어지는 가운데…….

"저를 다시 떠올린다면, 편지를 보내주세요! 오라버니께서 언젠가 반드시 마왕을 쓰러뜨릴 거라 믿고 있을게요—!"

제2장 이 동거인에게 인벌(人罰)을!

1

정신을 차리고 보니 나는 어찌된 영문인지 마을 입구에
서 있었다.

…………어?

무슨 일이 있었던 건지 잘 생각이 나지 않았다.

왠지 중요한 무언가를 잊은 것 같은 느낌이 드네……?

내가 갈구하고 갈구한 끝에 겨우 손에 넣은 소중한 가족
을 잃은 것 같은…….

이 상실감은 대체 뭐지?

분명 내 숙적인 클레어가…….

클레어가?

어? 나는 왜 클레어를 숙적이라고 생각하는 거지?

그 녀석은 나와 마찬가지로 아이리스 애호가이자, 동지잖아.

그런데 왜일까? 클레어에게 복수를 해줘야 할 것 같았다.

나는 아이리스의 애원으로 하룻밤 더 왕성에 묵기로 했
고, 다크니스 일행을 배웅한 후에 방에서 그녀와 중요한 이

야기를 나눴다.

분명 아이리스가 나를…….

나를, 뭐지?

……어라라~?

왠지 납득이 되지 않았다.

납득이 안 되지만 클레어에게 나중에 한 방 제대로 먹여주기는 해야겠다.

내 본능이 그러라고 외치고 있는 것이다.

뭐, 좋다.

지금 나는 아이들의 편지를 보고 의욕이 넘쳤다.

분명 지금쯤 다른 녀석들도 나와 같은 심정일 것이다.

나는 오랜만에 돌아온 마을을 둘러보며 저택을 향해 털레털레 걸어갔다.

엘로드에 다녀오는데 며칠이 걸렸더라.

그 후에 2주 정도 성에 머물렀을 뿐인데, 이 마을에 오랜만에 돌아온 느낌이 드는 건 왜일까?

내가 그런 생각을 하는 사이, 저택에 도착했다.

그리고 현관문을 열려다…….

문이 열리지 않는다는 사실을 눈치챘다.

"······어?"

뭐가 어떻게 된 것일까. 누군가가 있다면 현관문은 항상 열어두는데 말이다.

그렇다면 다들 외출한 것일까.

어쩌면 넘치는 의욕 때문에 모험가 길드에 의뢰를 받으러 간 것일지도 모른다.

뭐, 여기서 기다리다 보면 분명 곧 돌아올 것이다.

아니, 빨리 돌아오지 않으면 곤란하다.

나는 다크니스에게 짐을 전부 맡긴 바람에 가지고 있는 돈도 얼마 안 된다.

······응?

"어? 지갑이 없네? 우와, 어디서 흘렸나? 뛰지도 않았는데 대체 어디서 흘린 거지?"

엘로드에서 돌아오는 길에 선물을 잔뜩 샀기 때문에 돈이 많이 들어있지는 않았을 것이다.

뭐, 지갑은 다시 장만하면 된다.

어쩔 수 없지. 여기서 한동안 기다려볼까.

—내가 그런 생각을 하며 멍하니 있다 보니, 어느새 저녁이 되었다.

"왜, 왜 이렇게 안 오는 거야······! 그 녀석들은 대체 뭘 하고 있는 거냐고……! 모험가 길드에 가볼까? 아, 엇갈리기라도 하면 곤란한 데다, 이 만큼이나 기다려놓고 길드에 가는 것도 왠지 지는 것 같아……."

나는 저택 정원에 만들어둔 닭장 앞에서 젤 킹에게 푸념을 늘어놓았다.

저택에 들어가지 못해 벌벌 떨고 있는 나와 다르게, 폭신폭신한 모포가 몇 겹으로 깔린 따뜻한 닭장 안에는 깨끗한 물과 먹이를 대접 받으며 VIP 대우를 누리고 있는 병아리가 있었다.

……그리고 나는 깨달았다.

"너, 좀 큰 것 같다?"

나는 잠든 젤 킹을 쳐다보며 닭장 앞에 앉은 후 무릎을 꼭 끌어안았다.

이 녀석은 뛰어난 마력을 지녔기 때문에 성장이 더디다고 하지 않았어?

뭐, 한동안 여행을 다녀온 사이에 자란 걸지도 모르겠지만…….

바로 그때였다.

"드래곤 도둑이야~!"

저택 2층의 창문이 열리더니 누군가가 나를 향해 그렇게 외쳤다.

나는 「누가 드래곤 도둑이라는 거야?」 같은 말을 하려다, 젤 킹이 드래곤이라고 우기는 녀석은 이 저택에 딱 한 명뿐이라는 걸 떠올렸다.

"인마, 누가 도둑이라는 거야? 그리고 이제 그만 얘가 병아리라는 걸 인정해. 저택에 있으면 문을 열어두라고. 아무도 없는 줄 알고 여기서 계속 기다렸잖아."

내가 그렇게 말하자 아쿠아는 아무 말 없이 나를 뚫어져라 쳐다보았다.

…………어?

"저기, 무슨 말을 하는 건지 모르겠거든요? 메구밍, 다크니스와 셋이서 상의한 결과, 이곳은 아름다운 여신 아쿠아 님의 저택이 되었어. 다크니스는 이 마을에 본가가 있고, 메구밍은 홍마의 마을에 본가가 있으니까, 이 집은 내가 가져도 된다고 했어. 그래서 이곳은 내 저택이야. 너는 왕성에서 살 거잖아? 빨리 나가. 그 마당에서 나가란 말이야!"

………….

"평소에도 네가 바보라고 생각했지만, 오늘은 뭐라도 잘못 먹었어? 완전 중증 바보가 됐잖아. 머리에 치유 마법을 걸라고. 그래도 낫지 않는다면 지금 바로 병원에 데려가줄게."

아쿠아는 내 말을 듣더니 2층의 창문을 확 닫아버렸다.

………….

나는 현관으로 간 후 문을 쾅쾅 소리 나게 두드렸다.

"나 돌아왔어~! 다크니스, 메구밍, 있으면 이 문 좀 열어줘~! 바보 아쿠아가 문을 잠가버렸다고!"

나는 문을 두드리면서 그렇게 외쳤고 현관 윗부분에 있는 2층 테라스의 창문이 열렸다.

또 아쿠아가 나왔나 했더니 그 창문에서 얼굴을 내민 사람은 메구밍과 다크니스였다.

이제 안심해도 되겠지.

나는 그렇게 생각했지만—.

"뻔뻔하게도 또 우리 앞에 어슬렁어슬렁 나타난 것이냐, 카즈마. 성에서 일주일 동안 지내면서 즐거웠느냐?"

······성에서 일주일 동안 지냈다고?

내가 다크니스의 말을 듣고 영문을 모르겠다는 표정을 짓자—.

"후후후, 저희를 꽤나 얕잡아보는 것 같군요······! 그렇게 폼을 잡으면서 저희를 먼저 보낸 후, 혼자만 성에 눌러앉다니 말이에요······! 저와 꽤 가까워진 상황에서 그런 짓을 할 거라고는 눈곱만큼도 예상하지 못했어요!"

어찌된 영문인지 분노에 사로잡힌 메구밍이 그런 소리를 하면서 지팡이를 마구 휘둘러댔다.

저기, 좀 기다려 달라고······.

"잠깐만 있어봐. 너희가 먼저 돌아간 후 내가 일주일이나 왕성에서 지냈다고? 그게 무슨 소리야? 나는 어제 딱 하루만 성에 묵었다고. 그런데 왜……. ……어라?"

이상하다. 뭔가가 마음에 걸렸다.

왜 이렇게 마음속이 개운치 않은 거지?

메구밍은 내 말을 듣더니 더욱 분노했다.

"어이, 시치미 떼는 것이냐? 배짱 한번 좋구나. 폭렬마법으로 인간을 얼마나 날려버릴 수 있는지 한번 실험해보도록 할까!"

메구밍이 그런 흉흉한 말을 입에 담고 있을 때 다크니스는 고개를 저었다.

"……카즈마. 너, 성에서 무슨 짓을 한 것이냐? 왕가에서도 좀처럼 쓰지 않을 정도로 금기시되고 있는 기억 소거 포션을 마신 것 같구나. 복용한 양에 맞춰 최근 기억이 싹 사라지는 약이지. 운이 나쁘면 부작용으로 바보가 되는 걸로 알고 있는데, 그 점은 걱정 안 해도 되겠구나."

"제 생각에 이 남자는 이미 바보 같은 소리를 입에 담고 있는 것 같은데 말이죠. ……그건 그렇고, 기억 소거 포션이라고요? ……그러고 보니 아까부터 카즈마의 태도가 좀 이상한 것 같기는 하네요. ……그래도 기억을 잃은 척을 하고 있는 것 아닐까요? ……하지만 진짜로 기억을 잃은 거라면, 그런 상태인 카즈마에게 벌을 내리는 건 좀 그러네요. 왠지 양심에 찔려요……."

메구밍은 불만 섞인 한숨을 토하면서 체념한 표정을 지었다.

잘은 모르겠지만 다크니스의 추측에 따르면 나는 기억이 지워진 것 같았다.

……흠.

"나는 너희를 배웅한 직후까지만 기억나. 그 직후에 아이리스의 방에 불려갔고, 거기서……."

그러고 보니 나는 여동생이라고 해도 여자애 방에 갔는데 그 일을 기억하지 못했다.

……아하, 기억이 지워진 거구나.

분명 나는 운이 좋은 나머지 뭔가 중대한 국가기밀이라도 알고 만 것이리라.

그리고 비밀을 알고만 나를 어떻게 할지에 관해 갑론을박이 벌어진 게 틀림없다.

원래 모험가가 국가기밀을 알게 된다면 입막음을 위해 죽여 버리면 된다.

하지만 비밀을 알고 만 이는 다름 아닌 나다.

외부인에게 그 비밀이 알려진다면 여러모로 위험하다.

하지만 막대한 공적을 세운 용감한 모험가인 나를 입막음을 위해 죽이는 것은 국익에 위배되는 행동이다.

그래서 타협안으로 내 기억을 지운 것이다.

그렇다. 틀림없다.

진짜로 그렇게 된 듯한 느낌이 새록새록 들었다.

"뭐가 어떻게 된 건지 잘 모르겠지만, 나는 운이 좋은 데다 툭하면 트러블에 휘말리는 체질이잖아? 그래서 뭔가 중대한 국가기밀을 알고 만 느낌이 들어. 그리고 그런 나라는 중요인물을 어떻게 처리할지 며칠에 걸쳐 긴급회의라도 한 거겠지. 그 사이, 나는 너희가 걱정하지 않도록 적당히 편지를 써서 보낸 걸 거야. ……그리고 회의 결과, 나를 죽이는 건 아깝다는 결론이 내려진 게 아닐까? 그래서 기억만 지운 후 액셀로 보낸 거야. 내 생각에는 이렇게 된 것 같은데, 너희는 어떻게 생각해?"

나는 이 추측이 틀림없을 거라는 생각이 들었다.

그리고 나는 이 모든 일의 흑막이라고 할 수 있는 인물을 알고 있다.

"으음……. 완전히 틀린 말은 아닐지도…… 모르겠구나. 하지만 이 남자에게 일부러 기억을 지우는 포션 같은 걸 먹일 이유가 대체……."

다크니스는 그런 말을 하면서 팔짱을 끼더니 고개를 갸웃거렸다.

"그, 글쎄요. 이 남자라면 자기한테 매달리는 아이리스 때문에 마음이 약해져서 왕성에 그대로 눌러앉고도 남을 거라는 생각이 드는데요……. 하지만 그렇다고 기억까지 지우는 건 말이 안 돼요. 으음……."

메구밍은 그렇게 말하면서 고민에 잠겼다.

나는 그런 두 사람의 말을 듣다가 불현듯 머릿속에 떠오른 생각을 입에 담았다.

"클레어라는 애가 있지? 나는 그 녀석이 이 모든 일의 원흉이라는 생각이 들어. 그 녀석과 나는 아이리스 애호가로서 의기투합을 했었지. 그런데 어찌된 영문인지, 나는 그 녀석에게 복수를 해야만 할 것 같아."

다크니스는 내 말을 듣더니 표정을 더욱 굳혔다.

"……그래. 심포니아 가문의 당주라면 기억을 지우는 포션을 쓸 권한을 지니긴 했지. 게다가 그녀는 이 나라의 중심인물이기도 하다. 그뿐만 아니라 너는 클레어 님과 상당한 친분을 쌓기도 했어. ……흠, 점점 네 말에 신빙성이 생기는구나."

그런 다크니스의 뒤를 이어 메구밍도 입을 열었다.

"뭐, 이렇게 제대로 돌아온 것만이라도 잘 된 걸로 치죠. 그 대신 한동안 폭렬 산책에 어울려주지 않았으니까, 내일부터는—."

내일부터는 폭렬 산책에 동행해주세요.

메구밍은 분명 그렇게 말할 생각이었을 것이다.

"너희 둘, 지금 무슨 소리를 하는 거야? 바보 아냐? 입만 산 저 망할 백수의 말을 믿는 거야? 머리 괜찮아? 이 로리콤 백수는 「오빠, 정말 좋아해」 같은 말을 들으면 그대로 마음을 싹 바꾸고도 남을 남자야. 집사나 메이드의 시중을 받으면서 사는 게 너무 편하고 좋으니까 딴 애들이 어찌 되든 내가 알 바 아냐~, 여기서 느긋하게 살아야지~, 같은 생각을 한 게 틀림없을걸?"

모처럼 상황이 원만하게 해결되려던 순간, 이 여자가 방해하지 않았다면 말이다.

아쿠아가 마치 그 상황을 직접 보기라도 한 것처럼 말하자, 나는 세 사람이 얼굴을 내밀고 있는 2층 창문을 올려다보며 말했다.

"어, 어이, 말도 안 되는 소리 하지 마. 내가 그런 짓을 할…… 리가……. ……어라라~?"

왠지 방금 그 말을 들으니 중요한 무언가가 생각날 것 같았다.

그런 나를 본 아쿠아가 의기양양한 목소리로 이렇게 외쳤다.

"거봐! 한동안 네가 이 저택에 출입하는 걸 금하겠어. 정 들어오고 싶으면, 「아쿠아 님, 잘못했습니다」라고 말하면서 싹싹 빌어. 그리고 하루에 세 번씩, 나를 숭배하며 기도를 드리란 말이야. 그렇게 하면 저택에 들여보내줄 수도 있어. 못 하겠다면 꺼져! 자, 빨리 꺼지란 말이야! 정말, 우리 다크니스와 메구밍을 더 이상 희롱하지 말아줄래요?"

아쿠아는 그런 겁 없는 소리를 늘어놓으면서 창문을 닫았다.

"어이, 헛소리 하지 마! 잠깐 기다리라고!"

내가 허둥지둥 그렇게 말했지만 아쿠아는 더 이상 할 이야기가 없다는 듯 딴 곳으로 가버렸다.

……저 망할 녀석이!

나는 1층의 창문을 깨고 강행 돌입을 하기 위해 창가로 향했지만—.

"이 자식, 대체 무슨 짓을 한 거야?!"

창문을 보자마자 경악했다.

보아하니 1층 창문에는 하나같이 나무판이 달려 있어서 창문을 통해 출입하는 것은 어려워 보였다.

시간을 들여 나무판을 떼어내는 사이, 그 소리를 들은 아쿠아가 방해를 하러 올 게 틀림없다.

으음…….

나는 엄연한 피해자인데 왜 이렇게 당해야 하는 걸까.

그렇다고 저 바보에게 빌 수도 없다.

나는 나쁜 짓도, 찔리는 짓도 하지 않았을 테니까.

……내가 그런 생각을 하며 고민에 잠겨 있을 때 발치에 조그마한 무언가가 떨어졌다.

고개를 들어보니 창틈으로 나를 향해 몰래 뭔가를 던진 메구밍의 뒷모습이 보였다.

2층에서 떨어진 물건을 보니 그것은 눈에 익은—.

아, 그래.

이것은 메구밍이 애용하는 지갑이다.

아무래도 메구밍은 엘로드에서 흥청망청 돈을 써서 지갑

이 텅텅 비었을 내가 걱정된 나머지 자기 지갑을 던져준 것이리라.

그리고 보니 은행 통장도 집 안에 있다. 지갑을 흘린 나에게 있어서 이건 정말 감사하기 그지없는 일이었다.

이윽고 메구밍은 나한테 눈길도 주지 않고 그 자리를 벗어났다.

메구밍의 지갑을 주운 순간, 검은 그림자가 나에게 드리워졌다.

또 고개를 들어보니 천에 감싸인 무언가가 내 발치에 털썩 떨어졌다.

창문 너머로 힐끔 보인 것은 햇빛을 받아 빛나고 있는 금색 머리카락이었다.

다크니스 또한 나에게 뭔가를 던져준 것 같았다.

두 사람 다 고맙기는 하지만 이런 짓을 할 바에야 그냥 저 바보를 설득해줬으면 고맙겠다는 생각이 들었다.

다크니스가 던져준 꾸러미를 풀어보니 그 안에는 내가 애용하는 활과 화살이 들어 있었다.

그리고 화살촉이 갈고리 형태인 로프 달린 화살을 보고 나는 다크니스의 의도를 눈치챘다.

메구밍의 돈으로 밥이라도 사먹은 후, 밤이 되면 다크니스가 준 이 활과 화살로 2층 창문을 통해 저택 안으로 들어와라…….

……설마, 자기 집에 잠입하는 날이 찾아올 거라고는 생각도 못했다.

2

하지만, 어떻게 한다.

"총 900에리스입니다."

한밤중에 저택에 침입을 하기로 마음을 먹기는 했지만, 내가 예전에 다크니스의 집에 침입할 수 있었던 것은 아쿠아의 지원마법으로 육체를 강화한 덕분이었다.

다크니스가 활과 로프가 달린 화살을 주기는 했으나, 지원마법이 걸리지 않은 내 평소의 신체 능력으로 예전처럼 소리를 내지 않고 침입할 수 있을까.

술집에서 저녁 식사를 마친 내가, 계산을 하기 위해 메구밍이 준 지갑을 열어보니—

"…………."

포인트 카드와 쿠폰이 가득 들어 있는 지갑에서 1000에리스를 꺼내 계산을 했다.

"그럼 100에리스를 돌려드리겠습니다. 이용해 주셔서 감사합니다. 또 와주십시오~!"

메구밍의 돈을 쓰니 왜 이렇게 거부감이 느껴지는 걸까.

포인트나 쿠폰 같은 걸 이렇게 지갑에 넣어두는 건 주부다운 행동이라고 생각하지만 이 돈을 쓰려니 양심이 찔렸다.

그 녀석은 평소에 대부분의 돈을 나에게 맡겨둔다.

내가 준 돈도 대부분 본가에 보내는 것 같았다. 무사히 저택에 돌아가면 메구밍이 거부하더라도 이자까지 듬뿍 더해서 돈을 갚아줘야겠다.

……그건 그렇고 큰일인걸. 오늘 저택에 잠입하는데 있어서 가장 큰 골칫거리는 바로 아쿠아다.

그 녀석은 평소에 바보 같아도 유독 쓸데없을 때만 감이 좋았다.

게다가 나보다 더 밤눈이 좋은 것이다.

술이라도 마시고 후딱 뻗어버린다면 좋겠지만 그 녀석은 눈치가 없으니 이럴 때는 두 눈을 부릅뜨고 있을 것이다.

잘은 모르겠으나 그 녀석과 오랫동안 어울려 왔던 나는 왠지 그런 생각이 들었다.

일단 저택 안에 들어간다면 아쿠아에게 지지 않을 것 같지만 2층으로 올라가는 도중에 발각됐다간 위험할 게 뻔했다.

내가 저택에 침입할 경로를 생각하면서 아쿠아 일행이 깊이 잠들었을 한밤중까지 시간을 때우려고 마을 안을 산책하고 있을 때—.

"어라, 오랜만이구나. 자기한테 반한 여자에게 받은 돈으로 배를 채우며 기둥서방 인생을 마음껏 만끽하고 있는 남자여. 이렇게 늦은 시간에 산책이라도 하는 것이냐? 오늘밤은 보름달이 떠있으니 산책하기 딱 좋을 것이다! 이제부터 아쿠시즈 교회에 가서 지붕에 달려있는 심벌마크를 섹시한 무로 바꿔줄 생각인데, 네놈도 같이 가겠느냐?"

"……됐어. 너, 머지않아 꼬리를 잡혀서 갈가리 찢길 것 같으니까 조심하라고."

나는 바닐과 마주쳤다.

바닐은 섹시한 형태를 한 무를 한 손에 쥐고 있었다.

악마는 잠을 자지 않으니 밤이 되면 항상 한가할 것이다.

………….

"저기, 바닐. 너, 지금 한가해? 그럼 내 부탁 좀 들어주지 않을래?"

여신이 지키는 저택에 침입하기 위해 악마에게 도움을 받는다.

왠지 엄청 나쁜 짓을 하는 듯한 느낌이 들었다.

"호오? 악마에게 부탁을 한다는 게 어떤 의미인지 알면서 그런 소리를 하는 것이냐? 우리에게 뭔가를 부탁하기 위해서는 대가가 필요하다. 대악마인 이 몸에게 부탁을 하려면 그 만큼 어마어마한 대가를 치러야만 하지."

바닐은 악마답게 사악한 미소를 지었다.

평소 같으면 약간 겁을 먹었을지도 모르지만 나는 그것보다 바닐이 손에 쥔 섹시한 무가 더 신경 쓰였다.

"다음에 위즈의 가게에서 비싼 상품을 대량으로 사줄게."

"그대, 위대한 단골손님이여. 이 몸만 믿어라! ……덤으로 이 무도 줄까?"

"됐어."

―초목도 잠드는 깊은 밤.

이 시간이야말로 악마와 백수가 가장 활발한 시간대다.

"후하하하하하하! 후하하하하하하하!"

"이, 인마, 이렇게 늦은 시간에 웃어재끼지 좀 말라고! 너, 오늘은 왜 이렇게 흥분한 거야?!"

누구나 다 잠들었을 이 한밤중에 나와 바닐은 저택 앞에 도착했다.

"후하하하하하하! 이 몸은 현재 흥분에 사로잡혀 있지! 보름달이 뜬 밤에 여신을 습격하는데, 어찌 흥분을 하지 않을 수 있겠느냐!"

이 녀석에게 도움을 요청한 건 실수가 아닐까.

일단 작전은 이러하다.

우선, 내가 평범하게 침입을 시도한다.

지원마법은 받지 못했지만 혼자서 어찌어찌 침입에 성공한다면 그 순간 작전은 종료된다.

내가 자력으로 2층까지 올라가지 못하거나, 침입 도중에 발각을 당한다면 바닐이 저택으로 돌격할 것이다.

서큐버스의 침입을 막아냈을 때처럼, 아마 아쿠아는 악마의 침입에 대비하는 결계를 쳐뒀을 가능성이 크다.

바닐이 그 결계에 닿거나 돌파하려 한다면 아쿠아는 그쪽을 우선하리라.

나는 그 틈을 이용해 저택에 침입한다.

목표는 저택 내부에 침입해서 아쿠아를 혼쭐내주거나, 어찌어찌 화해하거나, 혹은 저택을 제압하는 것이다.

부차적인 목표는 저택의 내 방에 둔 예금 통장의 확보다.

솔직히 말해 돈만 있으면 저택에서 쫓겨나더라도 상황이 잠잠해질 때까지 여관에서 지내며 즐겁게 놀아재끼면 된다.

아니, 매일 당당히 놀 수 있는 만큼 그편이 나을지도 모른다.

일단 작전을 짠 나는 바닐이 지켜보는 가운데, 저택의 내 방 쪽 지붕을 향해 활을……!

"……어라?"

나는 문득 위화감을 느꼈다.

어느새 내 방 창문 안쪽에는 나무판이 달려 있었다. 낮에는 저런 게 달려있지 않았는데 말이다.

내가 허둥지둥 다른 방의 창문을 확인해보니 다른 방의 창문에도 나무판이 설치되어 있었다.

이런 일만 빈틈없이 처리할 만큼 한가한 녀석은 이 집에 딱 한 명뿐이다.

나는 계획이 벽에 부딪쳤다는 사실을 깨닫고 어떻게 할지 고민하다가 문득 눈치챘다.

모든 창문이 막혀 있지는 않을 거라는 사실을 말이다.

즉, 이 저택에 사는 이들의 방 창문 말이다.

메구밍과 다크니스는 자기 방의 창문을 막아버리는 것에 맹렬하게 반대했으리라.

아쿠아 또한 다크니스와 메구밍이라면 자신들의 방에 들어온 나를 알아서 제압할 거라 생각하며 안심했을 것이다.

그리고 지갑과 활을 준 걸 보면 메구밍과 다크니스는 내 협력자라고 생각해도 되리라.

"바닐, 너의 그 내다보는 힘으로 나를 살펴봐주지 않을래? 내가 메구밍의 방과 다크니스의 방 중에서 어느 쪽에 침입하는 편이 좋을지 알아봐줘."

"흠. 여전히 짜증나는 빛 때문에 네놈의 미래를 내다보는 것은 힘들다만⋯⋯. 어디어디, 어차피 결과는 마찬가지인 것 같다만, 엉터리 종족 딸내미의 방에 침입하는 편이 나을 거다. 그러면 약간의 소득을 얻을 수 있구나. 그럼 갔다 와라."

바닐은 내 말을 듣더니 순순히 그렇게 대답했다.

어느 쪽에 침입을 하더라도 결과가 마찬가지라는 말이 신경 쓰였지만 소득이라는 건 대체 뭘 말하는 걸까.

"메구밍의 방에 침입하는 편이 낫다는 거지? 좋아, 갔다

올게!"

3

　메구밍의 방 밑에 도착한 나는 지붕을 향해 화살을 쐈다.

　가능한 한 소리가 작게 나도록 지붕 꼭대기 부분을 향해
화살을 날렸다.

　이 정도 거리에서 저격과 천리안 스킬을 쓰면 거의 빗나갈
일이 없다.

　내 뜻대로 정확하게 날아간 화살은 지붕에 걸렸고 나는
화살에 달린 로프를 몇 번이나 당겨봤다.

　한동안 주위를 살폈지만 누군가가 깬 것 같지는 않았다.

　나는 바닐을 향해 고개를 돌린 후 이제 올라가겠다는 취
지를 눈빛으로 전했다.

　이제 이 로프를 이용해 메구밍의 방에—.

　방에—.

　"……하아…… 하아……!"

　지원마법이 걸리지 않아서 그런지 생각했던 것보다 훨씬
힘들다!

　로프가 미끄러운 탓일까. 아니면 거의 팔힘 만으로 올라
가야 하는 상황에서 내 근력이 부족한 걸까.

　그래도 로프에 매달리면서 겨우겨우 창틀에 손을 걸쳤다.

왼손으로 로프를 움켜쥐고 오른손으로 창틀에 매달린 후 나는 숨을 골랐다.

그리고 숨을 어느 정도 가다듬었을 즈음, 나는 창문에 가볍게 노크를 했다.

한동안 계속 그러자 커튼을 젖힌 메구밍이 나를 쳐다보며 홋 하고 웃었다.

기분 탓인지 왠지 기뻐 보이는 메구밍이 창문을 열기 위해서 잠금장치를 향해 손을 뻗은 바로 그때였다.

"순찰 중입니다~! 메구밍, 아직 안 자지? 그 남자라면 분명 이 시간대에 메구밍이나 다크니스의 방으로 침입하려고 할 거야! 한동안 밤낮이 뒤바뀐 생활을 해야겠지만 좀 참아."

메구밍의 방문 너머에서 아쿠아의 목소리가 들렸다.

저 여자, 평소에는 머리가 제대로 안 돌아가면서, 꼭 이럴 때만⋯⋯!

평소에 저렇게 머리를 써준다면 내 고생이 확 줄 텐데⋯⋯!

메구밍은 아쿠아의 목소리를 듣더니 허둥지둥 커튼을 치고 입을 열었다.

"안 자요, 아쿠아. 그리고 이쪽은 아무 문제없으니 걱정하지 마세요. 아쿠아도 좀 쉬는 게 어때요? 그리고 침입을 당하더라도 딱히 문제될 건 없잖아요. 카즈마가 약 때문에 기억을 잃은 것 같으니, 이제 그만 용서해줘도—."

메구밍이 말을 이으려던 순간, 문이 힘차게 열리는 소리가 들려왔다.

　"백수의 어리광을 받아주면 안 돼, 메구밍! 메구밍은 좋아하게 된 남자가 인간 말종 폐인이라도 어리광을 받아주고 헌신하며 생고생만 하는 타입이구나! 그리고 좋아하게 된 남자가 바람을 피워도 좋아하니까 용서해주는 타입인 거지?! 나의 한 점 흐림 없는 눈동자로 보니 틀림없네!"

　"무무무, 무슨 소리를 하는 거죠?! 그, 그렇지 않거든요……?!"

　메구밍은 아쿠아에게 지적을 받고 당황했다.

　한편 아쿠아는「흐음～?」이라고 중얼거리면서 뭔가를 눈치챈 듯한 반응을ㅡ.

　저기 말이야.

　평소 같으면 그런 이야기에 관심이 가겠지만 지금은 그런 소리나 듣고 있을 때가 아니라고!

　"저기, 메구밍은 혹시……."

　"왜, 왜 그러죠?!"

　메구밍과 아쿠아가 그런 대화를 나누는 사이, 나는 손바닥에서 땀이 난 탓에 로프를 잡고 있는 손이 미끄러질 것만 같았다.

그런 상황에서 완력만으로 어찌어찌 버티고 있으려니까 팔이 부들부들 떨렸다……!

지금은 그런 러브코미디 같은 이야기를 나누지 말라고!

"메구밍, 너……! 혹시, 더스트라는 그 인간 말종을……!"

"눈곱만큼도 좋아하지 않아요."

빌어먹을~!

한계에 도달한 나는 창틀과 로프를 쥔 손이 미끄러지면서 그대로 균형을 잃고 떨어지기 일보 직전이었다.

젠장, 누가 구해줘!

그런 내 소망을 들어준 이는…….

여신을 자칭하는 이상한 녀석도, 내가 죽었을 때만 만날 수 있는 진짜배기 여신도 아니라…….

"후하하하하하하! 후하하하하하하하! 빨리 튀어나와라, 화장실의 여신이여! 보름달이 뜬 오늘 밤은 악마족의 마력이 가장 충만해지는 고귀한 밤이다! 지옥의 공작인 이 대악마가 네 녀석의 숨통을 끊어주러 왔노라!"

항상 적자 때문에 골머리를 썩이는 마도구점의 아르바이트 점원이 저택 정면에서 그렇게 외쳤다.

4

"자! 빨리 들어와요, 카즈마! 아쿠아는 낯빛을 싹 바꾸고 현관 쪽으로 뛰어갔어요. 빨리 제 손을 잡아요!"

나는 메구밍이 내민 손을 한 손으로 잡고, 다른 한 손으로 창틀을 움켜잡으면서 그대로 상체를 들어올렸다.

나보다 근력 스테이터스가 뛰어난 메구밍은 내 손을 잡더니 나를 끌어안듯 방 안으로 잡아당겼다.

—먼 곳에서 목소리가 들려왔다.

『드디어 본성을 드러냈구나, 이 괴짜 악마야! 이 자리에서 네놈의 숨통을 끊어주겠어!』

『할 수 있으면 어디 해봐라. 할 수 있다면 말이다! 이거나 받아라, 바닐 식—!』

두 사람의 그런 대화를 들으면서—.

"하아하아…… 하아하아……!"

나는 메구밍의 손을 잡은 채 거친 숨을 내쉬며 방 안에 풀썩 주저앉았다.

메구밍은 그런 내 몸을 꼭 끌어안고 창문을 닫았다.

어찌어찌 방에 침입한 나는 메구밍과 손을 맞잡고 포옹을 한 자세로 거친 숨을 내쉬면서 꼼짝도 하지 않았다.

"하아…… 하아……! 메구밍, 메, 메구밍, 하아…… 하아……!"

"잠깐……! 카, 카즈마! 수, 숨소리! 숨소리가 이상해요! 포옹한 상태로 제 이름을 부르면서 하아하아 거리는 건 여러모로 문제가 된다고요!"

나는 메구밍에게 고맙다는 말을 하고 싶었지만 호흡이 거칠어진 탓에 입에서 말이 나오지 않았다.

확실히 지금 이 구도는 내가 메구밍을 덮치는 것처럼 보일 것 같았다.

『아쿠아, 대체 무슨 일이……. 바닐, 네 놈, 이런 시간에 뭘 하러 온 것이냐?! 하필이면 다들 짜증이 나있을 때 무슨 생각으로……!』

『호오, 이런이런. 항상 자기를 학대하는 꼬맹이가 일주일이나 자리를 비운 바람에, 요즘 들어 쓸쓸함과 욕구불만에 기인한 짜증을 느끼고 있는 계집이여. 오늘은—.』

『우와아아아아아아아아~!』

현관 쪽에서 다크니스와 바닐의 즐거운 듯한 대화가 들려왔지만 지금은 그런 걸 신경 쓸 때가 아니다.

나는 일단 숨을 가다듬은 후 메구밍에게서 떨어지기 위해 몸을 일으키려 했다.

하지만 메구밍은 나를 꼭 끌어안은 팔에서 힘을 빼지 않았다.

……어라.

『좋아! 다크니스, 그대로 꼭 잡고 있어! 「세이크리드 엑소시즘」!』

『크아아아악?! 이럴 수가, 이, 이 몸이……. 마력이 충만한 보름달 밤에, 마력이 넘쳐흐르고 있는 이 몸이, 이대로 소멸하는 것이냐……?!』

『해……, 해냈어……!』

먼 곳에서 시끌벅적한 목소리가 들려왔다.

다른 녀석들이 평소처럼 야단법석을 떠는 사이, 메구밍과 이렇게 포옹을 하고 있으니 왠지 해선 안 되는 짓을 하고 있는 기분이 들었다.

마치 학교에서 다른 학생들이 수업을 받고 있을 때 수업을 빼먹고 여자애와 단둘이서 체육도구실 같은 곳에 숨어있는 듯한…….

아, 물론 그런 경험은 한 적이 없지만 말이죠.

『후하하하하하하! 나를 해치웠다고 생각한 것이냐? 유감이겠구나! 너희가 이 몸이라고 생각한 것은 섹시한 무였습

니다! 유감상(賞)으로 그 무는 너희에게 주마! 쪄먹으면 꽤
맛있을 거다!』

『『…………』』

『어이쿠, 아무 말 없이 쫓아오지는 말아줬으면 좋겠구나!
오랜만에 악감정을 맛봤고, 이미 목적은 달성했으니 이제 그
만 돌아가지!』

『다크니스, 도와줘! 해치우자! 오늘 밤에야말로 인간을 괴
롭히는 걸 낙으로 삼는 저 녀석을 해치우는 거야!』

『아, 아쿠아, 바닐인 줄 알고 잡은 이 섹시한 무는 어, 어
떻게 하지……?!』

그런 즐거운 목소리가 들려오는 가운데―.

"어서 오세요. 왕성 생활도 나쁘지는 않았지만, 시끌벅적
한 이 저택에 당신이 없으니 쓸쓸했어요. 이제 아무데도 가
지 마세요."

메구밍은 나를 끌어안은 채 손으로 내 등을 가볍게 두드
려줬다.

……아주 약간이지만 가슴이 메었다.

5

숨을 가다듬는 사이, 마음이 안정된 나는 메구밍에게서

떨어지려 했다.

……하지만 메구밍이 나를 놔주지 않았다.

"어, 어이, 메구밍. 이제 아무데도 안 갈 거야. 돌아왔으니까 이제 놔줘도 된다고."

이대로 계속 끌어안고 있다면 당치도 않은 짓을 벌일 것 같았다.

하지만 메구밍은 나를 꼭 끌어안은 채 이렇게 말했다.

"저보다 힘이 센 다크니스의 방으로 침입하려고 했으면 훨씬 수월했을 텐데, 일부러 제 방에 왔잖아요. 그러니 잠시 동안은 이러고 있어도 괜찮지 않을까요?"

메구밍이 나를 끌어안은 채 웃음을 흘리자, 이 방에 온 건 바닐의 조언 때문이며 방의 주인이 끌어당겨 준다는 생각을 하지 못했다는 말을 이제 와서 할 수가 없었다.

하지만 내다보는 악마 님? 당신이 말한 소득이라는 게 바로 이것입니까?

다음에 상품을 대량으로 사드리죠.

그런데 나와 메구밍은 현재 어떤 관계인 걸까.

일전에 고백을 받기는 했지만 그 후로 딱히 진전은 없었다.

아, 엘로드에 다녀오느라 바빴으니 어쩔 수 없을지도 모르지만 좀 더 가까워져도 될 듯한 느낌이 들었다.

아이리스와는 결국 아무 일도 없었으니, 나는 꽤 일편단심인 남자라고 해도 과언이 아닐 것이다.

메구밍도 포옹 정도는 허락하는 것 같으니 내가 그녀를 끌어안아도 될 것이다.

나는 각오를 다지면서 메구밍을 꼭 끌어안으려고—.

"빨리 아쿠아와 화해하세요. 카즈마가 없는 동안, 쭉 「방탕 백수는 아직 돌아오지 않은 거야~? 응~?」 같은 소리를 매일같이 하며 항상 한가해 하면서도 어딘가 좀 쓸쓸해 보였어요."

…………

"「이건 돌아오지 않는 방탕 백수 몫」 같은 소리를 하면서 매일같이 카즈마 몫의 식사도 준비하더라고요. 그리고 결국 남아버린 그 음식을 다크니스에게 억지로 먹였어요."

다크니스한테 괜한 불똥이 튄 것 같았다.

메구밍이 그렇게 말하자 나는 포옹을 하려던 손으로 그녀의 어깨를 잡았다.

모처럼 분위기가 좋아졌지만—.

"……저 바보와 결판을 내고 올게. 돌아와서 하다 만 걸 계속하자."

"안 해요. 절대 안 할 거라고요."

그런 말을 하며 약간 아쉬워하면서도—.

메구밍은 동료를 아끼기에 왠지 기쁜 듯한 표정을 지었다.

"그럼 다녀오세요!"

메구밍은 아쿠아를 만나기 위해 방을 나서는 내 등을 쳐다보고 그렇게 말했다.

"―앗~! 침입자야! 다크니스, 아름다운 여신의 저택에 침입한 악당이 있어! 저 악당을 잡아!"

현관으로 향하던 나와 딱 마주친 아쿠아가 그렇게 외쳤다.

마주치자마자 느닷없이 그딴 소리를 지껄인 여신님은 맨발에 괴상한 모자와 잠옷 차림이라 눈곱만큼도 아름답지 않았다.

한편 다크니스는 나와 아쿠아를 번갈아 쳐다보며 난처한 표정을 지었다.

"……저기, 아쿠아. 슬슬 카즈마와 화해하는 게…… 아야야야얏! 그, 그만해라, 아쿠아! 머리카락을 잡아당기지 마라! 카즈마가 없는 사이, 나한테 엉겨 붙으면서 머리카락을 가지고 노는 이상한 버릇이……!"

다크니스는 자신의 머리카락을 잡아당기는 아쿠아를 향해 울먹거리며 그렇게 말했다.

"다크니스는 또 배신자 백수한테 버림받고 싶은 거야? 아이리스와 함께 살 거라는 편지를 받았을 때도 이것이 NTR이라는 것이냐, 라고 말하며 하악하악 거렸지? 너희가 어리광을 받아주면, 안 그래도 못난 카즈마가 더 못난 인간이 되어버리고 말 거야. 뭐, 이미 손쓰기에는 늦은 것 같지만!"

이 망할 여자가…….

"인마, 너 따위와 입씨름을 할 생각은 없거든? 그래도 솔직히 말해 나는 너희를 배신한 적 없어. 잘 생각해봐. 내가 그렇게 쉬운 남자라고 생각하는 거야? 오랫동안 함께 지낸 너희가 아니라, 아이리스를 선택할 거라고 생각해? 나는 로리콤이 아니고, 매정한 녀석도 아냐. 아이리스를 소중하게 생각하기는 하지만, 그 애는 어디까지나 내 여동생이야. 그 애에게 완전히 넘어갈 거라고 생각하는 거야?"

내가 그렇게 말하자 아쿠아는 한순간 움찔했다. 하지만—.

"그대, 생전에는 가위 바위 보와 게임 말고는 제대로 하는 게 없었던 남자여. 그대가 어쩌다 죽었는지 다시 한 번 가르쳐주겠어요. 노인이었다면 그냥 못 본 척 했을 그대가 대체 누구를 감쌌다가 이 세계에 왔는지 떠올린 후, 그 어이없는 자신감을 버리며 이렇게 외치세요. 나는 사토 카즈마. 나야말로 진정한 로리콤 백수라고 말이에요."

"여고생을 구하려다 죽었는데, 왜 로리콤이라는 거야?! 이 저택을 차지했다고 기어오르지 말란 말이야! 오늘이야말로 제대로 혼쭐을 내주마!"

아쿠아의 도발을 듣고 인내심이 바닥난 나는 결국 울부짖듯 그렇게 외쳤다.

"다크니스, 지켜줘! 저 위험한 침입자한테서 나를 지키란 말이야!"

"어, 잠깐만?! 기다……!"

아쿠아는 재빨리 다크니스의 뒤편에 숨었고 나는 팔을 걷어붙이면서 거리를 쟀다.

"드레인 터치로 체력을 전부 흡수한 후, 이불로 둘둘 말아서 젤 킹의 닭장에 처넣어주마! 각오하라고오오오오!"

"덤빌 테면 덤벼봐, 망할 백수! 방심하지 않은 나한테 언데드의 스킬이 통할 것 같아? 게다가 2대 1 상황이거든? 너한테 승산이라고는 눈곱만큼도 없어!"

"잠깐……! 나는, 아직 카즈마와 싸우겠다고 말한 적이……!"

다크니스가 말을 끝까지 잇기도 전에 나는 아쿠아에게 달려들었다!

"―마…… 말도 안 돼……!"

나는 아쿠아에게 팔을 잡힌 채 융단 위에서 완전히 제압당한 상태로 그렇게 외쳤다.

제압당한 내 옆에는 끈으로 묶였을 뿐만 아니라 드레인 터치에 의해 모든 체력을 빨려서 눈이 뒤집힌 다크니스가 굴러다니고 있었다.

아쿠아에게 바인드를 사용해도 마법으로 간단히 해제했으며, 물리적인 힘으로 어떻게 하려고 해봤자 다크니스를 방패로 삼는 바람에 공격이 통하지 않았다.

그러는 사이 마법으로 신체능력을 강화한 아쿠아에게 내

가 제압당하고 만 것이다.

당했다. 그러고 보니 이 녀석은 기초 스테이터스만큼은 우리 중에서 가장 뛰어났지.

게다가 갓블로니 성스러운 주먹이니 같은 소리를 하는 걸보면 접근전에도 자신이 있는 것 같았다.

진짜 평소에 이 우수한 능력을 조금이라도 발휘해주면 소원이 없겠다.

참고로 다크니스는 나와 아쿠아의 싸움에 휘말린 바람에 저렇게 뻗어버렸다.

"하아…… 하아…… ! 꽤, 꽤 하는 걸 카즈마. 그래도 이제 결판이 난 것 같네! 자, 잘못했다고 말해봐! 잘못했다고 말하면 용서해줄게!"

아쿠아는 내 위에 올라탄 채 의기양양한 어조로 그렇게 말했다.

그런 아쿠아에게—.

"……나, 이번만큼은 전혀 잘못하지 않았어. 아이리스의 마지막 소원을 들어주려고 했을 뿐인데 기억이 지워지고 만 피해자에 불과해. 사과할 짓은 전혀 하지 않았다고! 너, 나한테는 최후의 수단이라는 게 있거든? 선언을 하나 하겠어. 내일 아침이 되면 너는 울며불며 나에게 사과를 하게 될 거야."

나는 찔리는 구석이 전혀 없기에 당당하기 그지없는 목소리로 그렇게 말했다.

"호오~, 끝까지 이런 식으로 나오겠다는 거구나! 원만하게 해결하려고 했는데, 어쩔 수 없네. 네가 이런 식으로 나온다면 나도 갈 데까지 가보겠어! 물의 여신의 이름을 걸고, 네가 잘못했다고 말할 때까지 절대 너를 이 저택에 들이지 않을 거야! 이대로 집밖으로 쫓아내겠어! 내일, 카즈마가 엉엉 울면서 사과하는 모습이 눈앞에 어른거리는걸!"

아쿠아는 나를 향해 단호한 목소리로 그렇게 말했다.

6

다음 날 아침.

나는 멀찍이서 저택을 쳐다보며 생각에 잠겨 있었다.

만화에서 흔히 나오는 전개인데, 바람을 피운 적 없는 주인공이 괜한 오해를 산 바람에 히로인에게 불합리한 폭력을 당하거나……

혹은, 주인공은 불가항력으로 훔쳐봤을 뿐인데 역시 불합리한 폭력을 당하거나…….

그리고 주인공과 사귀지도 않는 히로인이, 주인공이 다른 여성과 친하게 지내는 것만으로 질투심에 사로잡혀 마구 화풀이를 해댄다.

그런 일들은 만화에서 접한다면 재미있게 즐길 수 있을지도 모른다.

어디까지나 남 일이니 히죽거리면서 볼 수 있을지도 모른다.

하지만, 나는 이렇게 생각했다.

"카즈마 씨~! 카즈마 씨~!!"

만약 내가 그런 주인공과 같은 처지가 된다면 그런 불합리한 히로인에게 인정사정없이 반격을 하겠다고 말이다.

"우에에에에에엥~! 카, 카즈마 씨~! 카즈마 씨~!!"

이 세상에는 불합리한 폭력이나 부당한 행위에 대처하는 힘이 존재한다.

선량한 시민이 그 힘에 의지하는 것은 부끄러운 일이 아니다. 진정으로 부끄러워해야하는 이는 불합리한 폭력을 휘두르거나, 혹은 불합리한 범죄행위를 저지르면서도 자기가 여자라는 점을 이용해 그걸 정당화하려고 하는 자들이라고 생각한다.

"카즈마 씨~! 저, 예전부터 생각했던 건데, 카즈마 씨는 엄청, 그러니까, 은근슬쩍 괜찮은 남자라고 생각했어! 그리고 우리는 오랫동안 알고 지냈으니까, 대화를 통해 매사를 해결해야 한다고 생각해……!"

나는 울면서 2층 창문에서 그런 소리를 해대는 아쿠아를 손가락으로 가리켰다.

"경찰 아저씨, 저 녀석이에요."

"부동산에 확인해본 결과, 저 저택의 소유자는 사토 카즈마, 바로 당신이더군요. 그럼 이제부터 부당 점거자에게서 저택을 탈환하기 위한 작전을 실행에 옮기겠습니다."

나는 내 저택을 빼앗아간 범죄자를, 시민의 의무에 근거해 신고했다.

"카즈마 씨~! 카즈마 씨~!! 우에에에에에엥! 카즈마 님~!!"

경찰이 저택에 처들어오는 광경을 보고 패닉에 빠진 아쿠아는 울며불며 내 이름을 외쳐댔다.

"나나나나, 나는 그러니까, 카즈마의 동거인, 이랄까……!"

"정말인가요? 더스티네스 가문의 영애가 범죄자의 동료라면 큰 문제가 될 거라고 생각합니다만……."

제압을 당한 저택 안에서는 미처 도망치지 못한 다크니스가 취조를 당하고 있었다.

메구밍은 저택이 포위되기 전에 위험을 감지하고 꼭두새벽에 도망쳤다.

우리 중에서 가장 동료를 아끼는 녀석인 줄 알았는데, 아무래도 그건 내 착각이었던 것 같다.

그리고…….

"우에에에에에에엥~! 카즈마 님~! 카즈마 님~! 용서해주세요, 카즈마 님~! 죄송해요! 제가 잘못했어요! 용서해주세요, 카즈마 님~! 사과할게요, 카즈마 님~!"

아쿠아는 울며불며 나에게 사과하면서 경찰들한테 연행당하고 있었다.

나는 그런 아쿠아에게 다가가서 말했다.

"이야, 물의 여신님. 나는 아직 잘못했다는 소리를 하지 않았는데, 저택에 들어가도 될까요?"

"카즈마 님, 잘못했어요! 앞으로는 당신의 말에 무조건 따를 뿐만 아니라, 카즈마 님을 의심하지 않을 테니 용서해주세요!"

두 경찰관에게 양손을 잡힌 채 질질 끌려가던 아쿠아는 엉엉 울면서 용서를 빌었다.

나는 그런 아쿠아를 쳐다보며―.

"어쩔 수 없네에에에에에에에에!"

―의기양양한 표정을 짓고 그렇게 외쳤다.

7

나는 오랜만에 이 저택의 거실 소파에서 뒹굴거리고 있었다.

"카즈마 님, 차 드세요~!"

내가 소파 등받이에 팔을 걸친 채 다리를 쭉 뻗으며 느긋하게 쉬고 있을 때, 아쿠아가 차를 대령했다.

"수고했어."

나는 공손히 차를 바치는 아쿠아를 향해 그렇게 말한 후, 그 차를 한 모금 마셨고—

"이 잉여 메이드가! 이건 맹물이잖아! 네 손가락이 살짝만 닿아도 맹물이 되니까 조심하라고 몇 번이나 말했지?! 다시 끓여와! 빨리 다시 끓여오라고!"

"아앗! 죄송해요, 카즈마 님! 지금 바로 새로운 차를 끓여 오겠사옵겠습니다!"

맹물을 마신 내가 그렇게 외치자, 아쿠아는 이상한 어조로 그렇게 말하고 다시 차를 끓이러 갔다.

딱히 불만을 표시하지 않는 걸 보면 이걸 새로운 놀이라고 생각하는 걸지도 모른다.

"원만하게 해결된 것 같아서 다행이에요. 저는 다 같이 이 거실에서 느긋하게 보낼 때가 가장 안심이 되거든요."

내 옆에 있던 메구밍은 아쿠아가 타준 차를 홀짝이면서 느긋하게 말했다.

저 녀석은 다른 사람들한테는 제대로 된 차를 타주는데 꼭 나한테만 맹물을 줬다.

마치 나한테 꾸중을 듣고 싶어 하는 것처럼 말이다.

그런 아쿠아를 부러워하는 눈길로 쳐다보던 다크니스가 입을 열었다.

"아무튼 무사히 돌아왔으니 잘 된 걸로 치도록 할까. ……
그리고, 제발 부탁이니까 앞으로 경찰을 부르는 사태만큼은
일으키지 말아줬으면 한다……."

그렇게 말한 다크니스는 호소하는 눈길로 나를 쳐다보며
그렇게 말했다.

그럼 범죄 행위를 저지르지 않으면 되겠네.

"차 드세요~!"

"수고했어."

아쿠아는 금방 새로운 차를 끓여서 가져왔다.

나는 그 차를 한 모금 마신 후……!

"또 맹물이잖아! 너는 정말 학습능력이 없구나!"

"아앗, 죄송해요, 카즈마 님! 금방 새로운 차를……!"

다크니스는 즐거운 어조로 그렇게 말하는 아쿠아를 향해
이렇게 말했다.

"아쿠아, 그냥 내가 대신 끓여줄까? 그러면 아쿠아도 카
즈마에게 호통을 들을 필요 없지 않느냐. 그리고 카즈마에
게 호통을 듣는 사람은 나 한 명으로 충분하지."

그렇게 말한 다크니스가 자리에서 일어나려고—.

"다크니스, 모처럼 더스티네스 가문의 메이드 놀이를 하
고 있으니까 방해하지 마."

"뭐?!"

아쿠아는 태연한 어조로 다크니스를 향해 그렇게 말했다.

"잠깐만. 너, 다크니스네 집의 변태 메이드를 흉내 낼 요량으로 일부러 매번 찻잔에 손가락을 집어넣은 거냐?"

"아냐. 처음에는 그냥 맹물을 계속 떠왔어."

"너희는 지금 무슨 소리를 하는 것이냐. 우리 가문의 메이드 중에는 그런 실수를 연발하는 얼간이가 없다!"

다크니스가 항의를 하는 사이, 아쿠아는 잉크가 묻은 붓을 가져왔다.

"카즈마 님, 더스티네스 가문의 메이드인데도 불구하고 실수만 거듭하는 저의 얼굴에 벌 삼아서 낙서를 해주세요!"

"으……."

"그러니까, 우리 가문의 메이드 중에는 그런 걸 원하는 녀석이 없단 말이다!"

나는 다크니스의 말을 흘려들은 후, 어떤 결과가 발생할지 뻔히 알면서도 아쿠아가 건네준 붓으로 그녀의 얼굴에 낙서를 했다.

그리고 아쿠아의 얼굴에 묻은 잉크는 순식간에 맹물로 변했다.

그런 우리를 지켜보던 메구밍은 배꼽을 잡으며 웃어댔다.

나는 메구밍을 쳐다보고 웃으려다—.

"앗, 아야야야……."

어제 아쿠아에게 제압당했을 때 다친 갈비뼈 쪽을 한 손으로 움켜잡았다.

그 모습을 본 아쿠아가 입을 열었다.

"아, 어제 다쳤나 보네. 미안해, 카즈마 님. 지금 바로 치료해줄게. 오늘은 특별히 최강의 치유 마법을 걸어주겠어. 『세이크리드 하이니스 힐』!"

아쿠아는 그렇게 외치고 나에게 회복마법을—.

회복마법을—.

"…………앗."

"왜 그래?"

아쿠아가 마법을 걸어준 순간, 나는 무의식적으로 놀라는 소리를 냈다.

아쿠아는 그 말을 듣고 의아하다는 듯 고개를 갸웃거렸다.

"카즈마 님, 왜 그래? 최강의 회복마법을 걸어줬는데도 아직 아픈 거야?"

아쿠아가 그렇게 말하자—.

"어……. 아, 그렇지 않아. 으음. 고마워, 아쿠아. 꽤 좋아졌어. 그리고, 저기, 뭐냐. 우리는 동료잖아? 그러니까, 이제 카즈마 님이라고 부르지 말아줄래? 그렇게 부르니 왠지 거리감이 느껴지거든. 평소처럼 카즈마라고 불러줘."

나는 가능한 한 자연스럽게 그렇게 말했다.

"……갑자기 왜 그러는 것이냐? 「나를 일주일 동안 의심했으니까, 앞으로 일주일 동안 존칭으로 불러」 같은 소리를 한 사람은 바로 카즈마이지 않느냐. 뭐, 그래도 그 마음가짐은 높이 사주마. 우리는 동료니까 사이좋게 지내야겠지."

다크니스는 그렇게 말하면서 미소를 머금었다.

메구밍도 덩달아 미소를 지었다. 그리고―.

"…………."

아쿠아만은 내 얼굴을 뚫어져라 쳐다보았다.

"……왜, 왜 그래?"

"…………아무것도 아냐. 나는 이제 카즈마를 의심하지 않 겠다고 약속했는걸."

아쿠아는 그렇게 말하면서 코앞에서 나를 뚫어져라 계속 쳐다보았다.

그리고 아쿠아가 회복마법을 걸어준 덕분에―.

나는 포션에 의해 지워졌던 기억을 완전히 되찾았고, 결과 적으로 아쿠아의 얼굴을 똑바로 쳐다볼 수 없었다.

어쩌지.

나는 잘못이 없다고 그렇게 주장했는데 말이다. 솔직히 말해 나 자신이 너무 쓰레기 같아서 경멸할 것만 같았다.

세간에 떠돌고 있는 카레기니, 카오물이니 같은 별명을 부정할 수 없었다.

식은땀을 흘리며 시선을 피하는 내가 미심쩍은지 아쿠아 는 나를 계속 쳐다보았다.

나는 이 상황을 모면하기 위해 예의 그 편지를 꺼내들었다.

"아쿠아, 이걸 기억해? 네가 이 편지를 본 건 일주일 전의 일일지도 모르지만, 기억이 지워진 나는 방금 이 편지를 받은 것만 같아. 자, 떠올려봐. 그때 느꼈던 정열을! 네가 이곳에 돌아온 진짜 목적을!"

나는 그렇게 말하면서 편지를 건네줬지만 아쿠아는 봉투 안의 내용물을 꺼내보려고도 하지 않았다.

점점 궁지에 몰린 나는 소파에서 벌떡 일어났다.

"자, 다 같이 모험가 길드에 가자! 그리고 토벌 의뢰를 맡는 거야. 액셀 마을, 그리고 이 세계를 지키자고!"

"………………."

아쿠아는 힘차게 일어선 내 코앞, 그러니까 겨우 몇 센티미터 떨어진 거리에서 나를 지그시 쳐다보고 있었다.

—그리고 5분 후, 결국 인내심이 바닥난 나는 동료들 앞에서 무릎을 꿇고 싹싹 빌었다.

1

낮이라고 하기에는 이르고, 아침이라고 하기에는 늦은 시간대.

뭐, 그러니까 점심을 먹기 전의 오전이다.

머리카락이 엉망인 나는 하품을 하면서 다른 사람들이 식사 준비를 하고 있는 거실로 향했다.

"좋은 아침~. 오늘 아침은 뭐야? 왕성에서 지내면서 이상한 것만 잔뜩 먹었더니, 한동안 된장국은 사양하고 싶네."

내가 빨리 음식을 달라고 재촉하는 어조로 그렇게 말하자, 다크니스는 수상쩍은 눈길로 나를 쳐다보았다.

"너는 기억을 되찾았지? 아이들이 우리에게 보낸 편지의 내용도 기억이 났을 텐데, 이런 시간까지 잠이나 퍼질러 자고 있었던 것이냐? 이미 점심때란 말이다. 뭐, 좋다. 오늘 점심은 바로 랍스터다. 일전에 엘로드에 가던 길에 메구밍이 만들어줬던 홍마족 비전의 미니 랍스터 요리가 마음에 들었거든. 그래서 메구밍에게 또 만들어달라고 부탁했다."

다크니스는 희희낙락하면서 그렇게 말했고 메구밍은 내 시선을 피하려는 것처럼 고개를 돌렸다.

본인도 귀족 아가씨가 가재 요리에 빠질 거라고는 생각 못 했는지, 나를 똑바로 쳐다보지도 못하고 시선을 피했다.

이 세상물정 모르는 아가씨는 머지않아 귀족들의 파티 자리에서 미니 랍스터 요리가 맛있었다는 소리를 할 것 같았다.

그 전에 다크니스의 오해를 푸는 편이 좋을 것 같지만 순진무구한 표정으로 가재 프라이를 자르고 있는 그녀를 보니 입이 떨어지지 않았다.

"뭐, 뭐, 좋아. 메구밍이 만든 그 요리는 확실히 맛있잖아. 그것보다 오늘은 어쩔 거야? 저기……. 진짜로 길드에 갈 거야?"

나는 아쿠아의 회복 마법 덕분에 다크니스 일행이 돌아간 후에 아이리스와 함께 왕성에서 지냈던 기억을 되찾았다.

그렇다. 아이리스에게서 들었던 「오빠, 정말 좋아해」라는 말도 생각이 난 것이다.

그렇지 않다면 아이들의 마음이 가득 담긴 그 편지 덕분에 아직 의욕이 넘쳤을 텐데…….

"나는 아무래도 상관없어. 카즈마가 없는 사이에 마음이 좀 진정됐거든……. 뭐, 카즈마가 정 퀘스트를 하러 가고 싶다면 같이 가줄게."

"그건 나도 마찬가지야. 뭐, 아쿠아가 정 퀘스트를 하러 가고 싶다면 같이 가줄 수는 있어."

그 후로 꽤 시간이 지난 탓에 마음이 어느새 식어버린 아쿠아와 나는 서로에게 결정권을 떠넘겼다. 그리고 그 광경을 본 다크니스는 표정을 굳히더니 쥐고 있던 포크를 테이블에 쾅 소리가 나게 꽂았다.

"너희 둘은 그 편지를 보고도 느낀 바가 없는 것이냐?! 어이, 카즈마! 너는 아이들의 우상이지 않느냐! 본보기가 되어야겠다는 생각은 안 드는 것이냐?"

"나를 동경하는 건 이해가 되지만, 액셀 마을에 돌아와서 의욕이 식으니까 좀 냉정해지네. 그리고 냉정하게 생각해보니, 일부러 위험을 무릅쓰면서 몬스터를 쓰러뜨리지 않더라도 고급 식재료를 먹으면 레벨이 오르잖아? 일부러 위험을 감수할 필요는 없다고."

다크니스는 질렸다는 듯 고개를 절레절레 저었다.

"저기, 아쿠아는 아이들을 좋아하지? 이 근처 아이들과도 자주 놀아주지 않느냐. 게다가 아쿠아는 평소 자기가 여신이라고 떠들고 다니지. 그리고 보니 성에서도 그러지 않았느냐! 그렇다면 마왕을 쓰러뜨리는 건 네 소임이라고 할 수 있지 않느냐?"

다크니스가 어린애를 달래듯 그렇게 말하자 아쿠아는 여신 대접을 받는데도 불구하고 경계심에 사로잡힌 채 입을 열었다.

"뭐, 나는 물의 여신 아쿠아 님이 맞긴 한데……. 그래도 이상하네. 평소에는 내가 여신이라고 말해도 믿어주지 않았 잖아. 저기, 진짜로 내가 여신님이라고 생각하는 거야? 진짜로 그렇게 믿는다면, 오랫동안 함께 생활한 내가 에리스 따위보다 더 소중하지? 아쿠시즈교로 개종해줄 거지?"

얼마 전에 벌어졌던 나의 일 때문에 의심이 많아진 아쿠아가 그렇게 말했다.

쉽게 설득할 수 있을 줄 알았던 아쿠아에게 뜻밖의 반격을 당한 다크니스는 약간 주눅이 든 것 같았다.

"……저, 저기, 우리 가문은 오랫동안 이 나라를 섬겨온 크루세이더 가문이라서, 공적인 입장을 고려해볼 때, 국교인 에리스교에서 다른 교로 개종할 수는 없다고 할까……."

"거짓말쟁이! 역시 안 믿잖아! 저기, 다크니스? 나는 진짜로 물의 여신님이야! 이상하다고 생각한 적 없어? 평범한 인간은 오랫동안 물속에 있을 수도 없고, 몸에 닿은 액체를 물로 바꾸지 못하잖아?!"

아쿠아에게 멱살을 잡힌 다크니스는 당황한 어조로 이렇게 말했다.

"그, 그게……. 아쿠시즈교의 아크 프리스트 중에는 광적인 신앙심 덕분에 엄청난 힘을 지닌 사람이 많다니까, 몸에 닿은 액체를 물로 바꾸는 것도 가능할 것 같거든? 그리고 아쿠시즈 교도라면 숨을 쉬지 않더라도 죽지 않을 것 같은데……."

"사과해! 우리 애들을 괴물 취급한 걸 사과하란 말이야!

……애초에 다크니스가 일전에 보여준 편지에는 하나같이 카즈마를 칭찬하는 내용만 적혀 있었잖아. 이제 슬슬 아쿠시즈 교도가 세간에서 각광을 받아도 될 거라고 생각해. 구체적으로 말하자면, 나도 팬레터 같은 걸 받고 싶단 말이야."

다크니스는 아쿠아의 말을 듣더니 눈을 반짝이고―.

"그, 그래? 알았다! 그럼 내가 또 받아다주마! 그러니까……."

그런 한 귀로 흘려들을 수 없는 발언을 입에 담았다.

"……어이. 너 방금 뭐라고 했어?"

다크니스는 내 지적을 듣더니 두 손으로 입을 막았다.

물론 그런다고 방금 입에 담은 발언이 취소되지는 않는다.

"방금 받아다주겠다고 말했지? ……어이, 다크니스. 그때 그 편지는 네가 아이들에게 써달라고 부탁한 거지? 맞지?"

내가 추궁을 하자 다크니스는 테이블을 내려치며 벌떡 일어섰다.

"그게 뭐 어쨌다는 거냐! 확실히 아이들에게 돈을 쥐어주고 그런 편지를 쓰게 하기는 했다! 하지만 어쩔 수 없지 않느냐! 그때 너는 액셀로 돌아갈 마음이 눈곱만큼도 없어 보였단 말이다!"

다크니스는 그런 뻔뻔한 소리를 했고 나도 덩달아 벌떡 일어나며 고함을 질렀다.

"그딴 뻔뻔한 소리를 잘도 하네! 나는 첫 팬레터인 줄 알고 그 편지를 아직도 소중히 간직하고 있단 말이야!"

"그, 그 정도로 기뻤던 것이냐? 그렇다면 나도 좀 미안하다만……."

다크니스는 진짜로 미안하게 생각하는 건지 말끝을 흐렸다.

이 녀석, 어느새 이딴 약아빠진 짓거리를 하는 귀족이 됐잖아……!

"옛날에는 가문의 권력을 사용하는 것도 질색할 정도로 우직한 바보였으면서, 요즘 들어서는 이런 약아빠진 짓도 아무렇지 않게 꾸미는 구나! 그리고 보니 이제 권력을 사용하는 것도 주저하지 않게 됐고, 미인계나 협박도 해대더니, 결국 이딴 짓까지……!"

그렇다. 다크니스는 예전에 자신이 귀족이라는 것을 필사적으로 숨겼다.

하지만 요즘 들어 돈과 권력을 어떻게 이용하는지 깨닫더니, 지금은 어디 내놔도 부끄럽지 않은 귀족님이 되었다.

이걸 성장으로 받아들여도 될까?

"누, 누구 때문에 이렇게 된 건데! 바로 너한테 영향을 받아서 이렇게 된 거다. 내가 이렇게 더럽혀지고 만 것은 전부 네 탓이란 말이다!"

그런 뻔뻔한 다크니스에게 나와 아쿠아는 반격을 감행했다.

"결국 나한테 책임을 떠넘기는 거냐?! 헛소리 하지 말라고, 이 망할 아가씨야! 처음 만났을 때부터 네 성질머리는 얼추 요 모양 요 꼴이었다고!"

"사과해! 처음 이 편지를 읽었을 때, 나는 정말 감동했단 말이야! 카즈마만이 아니라 나한테도 사과해!"

"말다툼 그만하고 음식이 식기 전에 드세요. 모처럼 신경 써서 만든 거란 말이에요."

수습 자체가 불가능하기에 카오스라는 말이 어울릴 듯한 상황에 처했을 때, 현관 쪽에서 노크 소리가 들렸다.

더는 이딴 녀석들을 상대해주지 못하겠다는 듯이, 나는 방문자를 맞이하러 갔다.

"어이, 카즈마! 아직 이야기 안 끝났다!"

"시끄러워, 이 악랄한 여자야! 너는 가재나 먹으라고!"

다크니스가 「가재가 뭐지?」라고 중얼거리며 고개를 갸웃거리는 사이, 내가 현관문을 열자─.

"아아, 안녕하세요!"

"마구……! 메, 메구밍은, 이 집에 있나요?"

문 앞에는 메구밍의 여동생인 코멧코의 손을 잡은, 어디서 본 적이 있는 두 홍마족 소녀가 서 있었다.

"차 마셔."

"고, 고마워요!"

"잘 마실게요!"

거실 소파에 앉아있는 두 소녀에게 아쿠아가 차를 내줬다.

그러고 보니 홍마족의 마을에서 이 소녀들을 본 적이 있는 것 같았다. 이름이, 으음……

"그런데 후니쿠라와 도론코는 왜 제 동생을 데리고 느닷없이 이 집에 온 거죠?"

"사람 이름 정도는 제대로 외워! 나는 후니후라야, 후니후라!"

"도론코가 아니라 도돈코거든?! 아까 내가 마구밍이라고 부를 뻔했다고 복수한 거지?! 아까는 혀가 살짝 꼬였을 뿐이야!"

나는 메구밍의 말을 듣고 생각이 났다.

홍마의 마을에서 융융과 메구밍에게 시비를 걸었던 두 사람이다.

"뭐, 이 두 사람은 후니후라와 도돈코예요. 홍마족 중에서는 그다지 눈에 띄지 않는 애들이지만, 일단 외워두세요."

"뭐?! 눈에 안 띄어?! 일단 외워둬?!"

"확실히 우리는 세트로 취급될 때가 많고, 눈에 띄는 편은 아니지만, 메구밍처럼 나쁜 일로 눈에 띄지는 않거든?!"

메구밍이 건성으로 자신들을 설명하자 그녀들은 고함을 질렀다.

"자, 이것도 먹어. 잔뜩 있으니까 천천히 먹어도 돼."

"코멧코, 나중에 과자도 주마. 그, 그러니까 그렇게 입에 우겨넣지 마라. 보는 우리가 다 걱정이 된단 말이다."

나와 메구밍이 이 두 사람을 상대하는 사이, 아쿠아와 다크니스는 코멧코에게 먹을 것을 주고 있었다.

코멧코는 배가 많이 고팠던 건지 입에 음식을 우겨넣고 있었다. 목에 걸리지 않을까 걱정이 될 정도였다.

한편, 남의 집에 온 탓에 긴장한 것 같던 후니후라가 입을 열었다.

"오랜만이야, 메구밍. 네 동생한테 큰일이 나서 우리가 여기까지 데려와줬어."

아까 자기 이름이 후니후라라고 밝혔던 트윈 테일 헤어스타일에 드세 보이는 인상의 여자애는 메구밍에게 그렇게 말한 후, 코멧코를 향해 고개를 돌렸다.

"맞아. 메구밍의 동생한테라기보다 너희 집에 큰일이 나서 이 애가 길거리에 나앉게 됐거든. 그래도 액셀 마을에 메구밍과 융융이 있다는 이야기를 듣고, 우리가 여기까지 저 애를 호위해서 온 거야."

이름이 도돈코인 포니테일 여자애도 으스대듯 가슴을 펴면서 그렇게 말했지만—

"큰일? 메구밍의 집에 무슨 일이 생긴 건데? 그리고 보니 너희는 홍마의 마을에서 나와 잠깐 이야기를 나눈 적이 있지?"

내가 입을 열자 저 두 사람은 남자한테 익숙하지 않은지 어깨를 부르르 떨었다.

"너는 메구밍의 애인이지? 으음, 메구밍과 같이 살고 있는 거야? 실은 이 애의 집, 아니, 마을 전체에 큰일이 났어."

"맞아. 저기, 이런 말을 하는 건 좀 그렇지만……."

말끝을 흐리는 두 사람 때문에 인내심이 바닥난 메구밍이 식사 중인 코멧코를 쳐다보며 뭐가 어떻게 된 건지 눈빛으로 물었다.

언니의 시선을 눈치챈 코멧코는 입안의 음식물을 꿀꺽 삼킨 후 이렇게 말했다.

"집이 펑 하면서 사라져 버렸어."

메구밍은 그 뜬금없는 설명을 듣고 딱딱하게 굳어버렸다.

"펑이라뇨? 좀 더 자세하게 설명해보세요."

메구밍이 당혹스러워하자 후니후라와 도돈코가 서로의 얼굴을 쳐다보았다.

"마왕의 딸이 대군을 이끌고 홍마의 마을에 쳐들어왔어."

그리고 잠시 동안 망설인 뒤 후니후라가 그렇게 말했다.

메구밍은 그 말을 듣더니 심각하기 그지없는 표정을 지었다.

"마왕의 딸이……. 그래요. 드디어 마을의 비밀이 폭로된 거군요."

홍마족의 마을에는 비밀이 있었다.

원래 홍마족은 과거에 멸망한 기술 대국에서 인공적으로 만들어낸 개조인간이며 그 존재 자체가 비밀 덩어리 같은 것이다.

마왕군이 쳐들어온 것은 그 사실을 알았기 때문일까?

하지만 홍마족을 만들어낸 기술 대국은 이미 멸망했다.

그러니 이제 와서 홍마족이 공격을 받을 이유는 없다고 생각하는데 말이다.

"카즈마, 걱정할 필요 없어요. 홍마족 중에는 텔레포트를 쓸 수 있는 사람이 많으니까 간단히 당하지는 않을 거예요. 마을이 불타버리더라도 마법으로 건물을 다시 세울 수 있으니 금방 부흥시킬 수 있고요."

메구밍은 내가 홍마족을 걱정한다고 착각한 건지 그런 말을 했다.

"아, 메구밍의 부모님도 걱정이 되긴 해. 그래도 홍마족의 비밀이 뭔지 궁금해서 말이야. 너희는 위험한 것들을 모아 두는 습성이 있었잖아? 딴 곳에 봉인되어 있던 사신(邪神)을 멋대로 납치해 와서 자기들 토지에 봉인한 걸 비롯해서 말이야. 그리고 이 세상을 멸망시키고도 남을 병기 같은 것도 너희 마을에 잠들어 있지. 그러니 마왕의 딸이 뭘 노리고 너희 마을을 공격한 건지 궁금하네."

솔직히 말해, 이 녀석들이 뭘 숨기고 있든 이제 와서는 그다지 놀랍지도 않았다.

그러니 개의치 말고 그냥 말해줬으면 했다.

"좋아요. 카즈마에게는 가르쳐주는 편이 좋을 것 같네요."

메구밍은 그런 내 마음을 눈치챘는지 진지한 표정을 지었다.

"실은 홍마의 마을에 있는 관광명소 중에 마왕의 성이 보이는 전망대가 있어요."

전망대?

"예. 홍마의 마을 인근에 있는 산 정상에 모든 것을 내다본다고 일컬어지는 강력한 마도구가 설치되어 있어요."

메구밍의 말을 이어받은 후니후라가 진지한 표정으로 그렇게 말했다.

"그리고, 홍마족은 그 마도구로 항상 마왕성을 감시해. 아무래도 마왕의 딸이 그 사실을 안 것 같아……."

유일하게 난처한 표정을 짓고 있던 도돈코가 마지막으로 그렇게 말했다.

……그래. 마왕군으로서는 자신들을 감시하는 시설이 존재한다는 게 달갑지는 않을 것이다.

전쟁에서 정보는 승패를 좌우할 만큼 중요한 요소다.

마왕의 딸은 중요한 감시시설을 파괴하고 싶은 건가…….

"『거기서는 마왕의 딸이 지내는 방을 훔쳐볼 수 있어요』가

캐치프레이즈인 관광명소인데, 설마 본인에게 들키다니……."

"응. 마왕군의 정보망을 얕본 것 같아."

"너희 지금 뭐라고 했냐?"

나는 후니후라와 도돈코의 말을 듣고 그렇게 말했다.

"이 두 사람이 한 말은 사실이에요. 평소에는 관광명소로서 돈을 벌고, 이용자가 없을 때는 마을 백수들이 마음의 평온을 찾는데 이용하는 중요시설인데……."

"마왕의 딸내미가 쳐들어올 만하네. 어이, 전부터 물어보고 싶었던 건데……. 마왕은 왜 인류와 싸우는 거야? 솔직히 말해서 전쟁이 계속되는 건 홍마족이나 아쿠시즈 교도 때문인 거 아냐?"

홍마족 세 사람은 내 말을 듣고 좀 찔리는지 고개를 돌렸다.

"어이, 찔리는 구석이 있는 거지?"

"너, 너무해요, 카즈마. 뭐든 우리 탓으로 돌리지 말아줄래요? ……4년에 한 번, 모든 홍마족이 다 함께 소풍을 갈 뿐이란 말이에요……."

메구밍이 그렇게 말하자, 코멧코에게 디저트 삼아 과자를 주던 아쿠아가 고개를 갸웃거렸다.

"소풍?"

아쿠아는 되묻듯이 그렇게 말했고 후니후라가 입을 열었다.

"텔레포트를 쓸 수 있는 홍마족이 모여서, 4년에 한 번씩 마왕의 성 근처로 소풍을 가. 거기서 바비큐를 한 다음 홍마족 전원이 성의 결계를 향해 마법을 마구 쏴대는데, 마왕 군이 튀어나오려고 하면 텔레포트를 써서 마을로 돌아오는 거야."

"너희는 진짜 못 말릴 녀석들이네! 꼭 그렇게 괴롭혀야 직성이 풀리는 거냐?! ……뭐, 자초지종은 알겠어. 아무튼 코멧코를 데려와줘서 두 사람 다 고마워. 우리가 데리고 있으면 되는 거지?"

후니후라와 도돈코는 내 말을 듣더니 안도의 한숨을 내쉬었다.

"그래주면 고맙겠어요. 이 애를 맡아줄 사람이 없거든요. 저희는 이제부터 해야만 하는 일이 있어요."

"응. 홍마족은 남이 걸어온 싸움을 꼭 받아주거든."

두 사람이 무시무시한 말을 하면서 자리에서 일어서자 메구밍도 덩달아 의욕을 불태웠다.

"그럼 우선 마왕의 딸이 지금 어디 있는지 알아봐야겠네요! 저만 믿으세요! 다 같이 쳐들어갔을 때 선제공격은 제가 맡죠! 후니후라, 도돈코, 가죠!"

"넌 안 와도 돼! 우리는 이제부터 마을 사람들과 합류한 다음, 마을에 눌러앉은 마왕의 딸을 상대로 게릴라 활동을 할 거야. 그러니 폭렬마법밖에 못 쓰는 메구밍은 도움이 안 된단 말이야."

후니후라에게서 도움이 안 된다는 말을 들은 메구밍의 눈썹이 부르르 떨렸다.

"맞아. 우리도 이제 상급 마법을 쓸 수 있으니까 게릴라 활동에 참가하라는 지시를 받았어. 뭐, 너는 여기서 손톱이나 깨물며 우리의 활약상을 지켜보면 되겠네."

도돈코가 뒤이어서 그렇게 말하자 메구밍의 눈동자가 붉게 빛났다.

"아, 그런데 융융이 어디 있는지 몰라? 그 애한테도 소집 지시가 내려졌는데, 아무리 찾아도 안 보이네."

"응. 융융의 편지에 적혀 있던 이 마을에서 생긴 친구를 만나볼까 했는데 말이야. 오늘쯤 이 마을에 방문할 거라는 건 미리 편지로 알려뒀는데……."

융융의 친구라면 요즘 들어 같이 있는 모습이 자주 보이는 가면 악마와 양아치일까.

아무리 찾아도 안 보인다는 걸 보면, 친구가 생겼다는 허풍을 치기는 했지만 그 녀석들을 이 두 사람에게 소개해주고 싶지 않아서 도망 다니고 있는 게 아닐까…….

"—마, 맞다. 저기, 메구밍? 너한테 물어볼게 있는데."

후니후라는 마왕의 딸과 싸우기 전에 이것만은 물어두고 싶다는 투로 말했다.

"융융의 편지를 보니, 액셀 마을에서 생긴 친구 중에는 이성 친구도 있다고 적혀 있었거든? ……저기, 그 애한테 친구는 없지? 허풍을 친 거지?"

"그, 그래. 융융한테 우리 이외의 친구가 생길 리 없어! 메구밍만이 아니라, 융융에게도 추월을 당했을 리가……"

메구밍은 그런 두 사람을 향해 당연한 소리를 하듯 이렇게 말했다.

"그 애의 이성 친구라면, 아마 이 자리에 있는 카즈마겠죠. 그리고…… 이웃 여성들 사이에서 인기가 좋다는 바닐, 그리고 이 마을에서 모르는 사람이 없을 만큼 유명한 모험가인 더스트……"

메구밍이 손가락을 하나씩 꼽아가며 그렇게 말하자 후니후라와 도돈코의 표정이 딱딱하게 굳었다.

"하, 하하! 그, 그 애치고는 꽤 하네. 여기는 홍마의 마을보다 많은 사람이 사니까! 그 중에 괴짜가 한두 명 정도는 있을 거야!"

후니후라는 허세를 부리는 어조로 그렇게 말했고 도돈코도 납득한 표정을 지으며 뒤이어 말했다.

"그그, 그래! 그런데 메구밍? 저 사람과는 어떻게 되어가? 일전에 홍마의 마을에서 만났을 때에 이런저런 이야기를 듣긴 했지만, 잘 생각해보니 좀 이상했어. 네가 그런 주책스러운 이야기를 늘어놓을 리가 없잖아. 솔직하게 말해봐. 함께 목욕을 했다거나, 한 이불을 덮고 잤다는 것도 실은 우연히 그렇게 된 거지?"

하지만 방금 그 질문은 여러모로 위험했다.

게다가 마침 아쿠아와 다크니스는 디저트를 다 먹은 코멧코를 데리고 부엌에 가서 양치질을 시키고 있었다.

즉, 이곳에는 우리 넷밖에 없는 것이다.

그렇다면─.

"어, 어떻게 되어가냐고요? 그, 그게…… 저기……."

메구밍은 나를 힐끔 쳐다보면서 얼굴을 붉히더니 말끝을 흐리며 고개를 숙였다.

이상하다. 평소의 이 녀석이라면 이런 태도를 취할 리가 없다.

"거짓말……. 저, 저기, 거짓말이지? 왜 그렇게 여성스러운 반응을 보이는 건데……?!"

"이럴 리가 없어……. 메구밍한테 지다니……. 평소에 이상한 생각만 해대는 데다, 연애 같은 것과는 인연이 없을 것 같던 메구밍한테……!"

두 홍마족은 뒷걸음질을 치며 현관으로 향했다.

그 두 사람의 얼굴이 마치 이 세상이 끝나는 순간을 본 것처럼 새파랗게 질린 가운데, 메구밍은 부끄러워하듯 볼을 붉적이고 있었다.

그리고 메구밍은 난처한 표정으로 이렇게 말했다.

"저희 부모님에게는 비밀로 해주세요."

"으아아아! 너 따위에게 졌다고는!"

"눈곱만큼도 생각 안 해애애애애애!"

엉엉 울며 도망치는 두 사람을 배웅하며 메구밍은 의기양양한 미소를 지었다.

두 사람을 배웅한 후, 우리는 이 집에서 같이 살게 된 코멧코가 쓸 물건을 사기 위해 마을에 다녀왔다.

집에 돌아온 아쿠아는 여기가 자신의 특등석이라고 주장하듯 소파를 향해 다이빙을 했다.

참고로 아쿠아는 여행을 다니고 성에서 생활하느라 한동안 놀아주지 않았던 촘스케를 꼭 안고 있었다. 그리고 촘스케는 빨리 풀어달라는 것처럼 버둥거리고 있었다.

"코멧코는 저와 같은 방에서 지내면 되겠죠. 한동안 이 언니를 못 봐서 쓸쓸했죠? 오랜만에 같이 자요."

"언니는 외로움쟁이."

"코, 코멧코!"

같이 자자고 말한 메구밍을 향해 신랄한 한마디를 날린 코멧코는 아쿠아의 품속에서 버둥거리고 있는 촘스케를 지그시 쳐다보았다.

"맛있어 보여."

"코멧코, 이 집에는 먹을 게 잔뜩 있으니까 닭장에 있는 젤 킹과 촘스케는 잡아먹으면 안 돼요!"

메구밍은 불안을 느끼며 그렇게 말했고 코멧코는 입가의 침을 닦으면서 고개를 끄덕였다.

"좀 더 살찌워서 잡아먹으려는 거구나"

"아뇨! 그렇지 않아요! 그 두 생물은 이 집의 애완동물이란 말이에요!"

코멧코가 그런 무시무시한 말을 하자, 아쿠아는 경계심을 드러내며 촘스케를 꼭 끌어안더니 그대로 몸을 뒤로 뺐다.

"자, 이참에 코멧코가 우리 집에 온 걸 환영하는 파티라도 열까? 이 오빠가 맛있는 걸 잔뜩 먹여줄게."

"오빠, 멋져!"

코멧코는 한동안 기뻐한 후 메모장 같은 것을 꺼내들었다.

"거기에 뭘 쓰는 거죠?"

메구밍이 뭔가를 쓰고 있는 코멧코의 옆에 서서 메모장 같은 것을 쳐다보더니ㅡ.

"○월 ×일. 언니의 남자가 먹을 걸로 날 길들이려 했다. 언니에서 나로 갈아타려는 것 같다……. 코멧코! 언니의 남자나 길들인다는 말을 누구한테 배운 거죠?!"

메구밍은 코멧코한테서 메모장을 빼앗고 분노를 터뜨렸다.

"붓코로리."

"그 백수 말인가요?! 진짜 백수라는 것들 중에는 제대로 된 인간이 하나도 없네요!"

으음, 나는 백수가 아니라 모험가니까 방금 그 말과는 아무런 상관도 없지만 그래도 가슴이 따끔거렸다.

"그것보다 이건 뭐죠? 일기인가요?"

"엄마가 언니의 남자와 주변 사람들 사이의 일을 여기에 적어오래."

설마 이런 곳에 밀고자가 있을 줄은 꿈에도 몰랐다.

3

다음 날.

점심때까지 실컷 잠을 잔 나는 아침 겸 점심을 먹기 위해 아래층으로 내려왔다.

"언니, 더 줘!"

"코멧코, 이 집에서 지내는 동안에는 언제든 배부르게 음식을 먹을 수 있어요. 그러니까 그렇게 억지로 음식을 먹어두지 않아도 돼요."

그곳에는 껑충껑충 제자리 뛰기를 하면서 조금이라도 위의 빈 공간을 음식으로 채우려 하는 코멧코와, 그런 여동생을 걱정하는 메구밍…….

그리고―.

"저기, 다크니스. 왠지 오늘 점심은 좀 시큼한 것 같지 않아?"

"흑……, 눈물 때문에 앞이 보이지 않는구나……."

두 사람은 그런 코멧코를 쳐다보면서 눈물을 흘리고 있었다.

아무래도 빈곤 아동인 코멧코를 보고 슬픔에 젖은 것 같았다.

"하지만 이렇게 잔뜩 먹을 기회는 흔치 않단 말이야."

"그건 그렇지만, 언니로서 조금 부끄럽단 말이에요. 자, 디저트로 푸딩도 있어요."

"야호!"

디저트라는 말을 듣고 기뻐하는 코멧코를 본 아쿠아는 잠시 고민한 끝에 자기 몫의 푸딩을 코멧코에게 내밀었다.

평소 먹을 거라면 환장을 하던 이 녀석답지 않은 행동이다.

"이 언니는 이제 배부르니까, 이것도 먹어줄래?"

"정말? 푸딩은 생일에만 먹을 수 있는 고급 디저트인데, 안 먹을 거야?"

코멧코는 그렇게 말하면서도 아쿠아가 내민 푸딩에서 눈을 떼지 못했다. 그런 코멧코를 보다 못한 다크니스와 메구밍도 자기 몫의 푸딩을 그녀에게 내밀었다.

"코멧코, 저희는 현재 이 나라에서 가장 활약하고 있는 모험가 파티예요. 돈도 많으니까 그런 걱정은 할 필요 없어요. 내일은 세숫대야로 푸딩을 만들어줄 테니까, 오늘은 다른 사람들에게 고마워하며 감사히 먹으세요."

"고맙습니다."

푸딩을 받은 코멧코가 마치 거액의 보물이라도 받은 것처

럼 고개를 깊이 숙이자, 아쿠아 일행은 또 눈시울이 뜨거워
진 것 같았다.

한편, 메구밍은 그런 일련의 광경을 지켜보던 나를 발견
했다.

"어, 일어났나요. 카즈마도 식사할래요?"

"아, 부탁해. ……저기, 메구밍. 돈이 부족하면 언제든지
말해. 너는 기본적으로 퀘스트 보수의 대부분을 나에게 맡
겨두고, 그 중에서 식비와 잡비, 그리고 용돈만 받아가잖
아? 네 몫은 내가 따로 관리하고 있다고."

그렇다. 이 녀석은 돈 욕심이 그다지 없다.

때때로 질 좋은 로브나 멋진 아이템을 발견했다며 야단법
석을 떨지만, 몸에 지니고 다니는 장비 중에서 가장 비싼
것은 옛날에 양배추 사냥을 한 보수로 샀던 지팡이다.

일전에 메구밍이 나한테 지갑을 줬을 때도 그 안에 잔뜩
들어있는 쿠폰을 보고 말로 형용할 수 없는 기분을 맛봤다.

"고마워요. 하지만 괜찮아요. 이래 봬도 매달 받는 용돈
중에서 일부를 집에 보내고 있거든요. 그리고 거금을 보내
봤자 아빠가 마도구 제작에 전부 써버릴 게 뻔해요."

"그 아저씨, 보기보다 문제가 많네."

내가 그런 말을 하면서 뒤늦게 식사를 하고 있을 때였다.

"언니. 이제 언니의 남자가 일어났잖아? 그럼 오늘은 모험
가 길드에 갈 거야?"

"코멧……?! 코, 코멧코! 저기, 언니의 남자 같은 말은 하지 마세요!"

시끌벅적한 자매를 흐뭇한 표정으로 쳐다보며 식사를 마친 내가 차를 홀짝이고 있을 때, 아쿠아가 문뜩 뭔가가 생각난 표정을 지으며 입을 열었다.

"혹시 코멧코는 모험가 길드에 가보고 싶은 거야? 거기에 관심이 있다면, 이 발 넓은 언니가 데려가줄까?"

"좋다. 어차피 초심으로 돌아가서 퀘스트를 수행하자는 목적으로 돌아온 것이지 않느냐. 괜찮은 퀘스트가 없는지 살펴볼 겸, 코멧코를 길드에 데려가는 것도 괜찮을 것 같구나. 하지만 모험가 길드에는 왜 가려는 것이냐? 거기는 놀이터가 아닌데 말이다."

아까부터 물러터진 발언을 연이어 하고 있는 아쿠아와 다크니스를 향해—

"모험가 길드에 가서, 언니의 멋진 모습을 보고 싶어."

코멧코는 그런 영문 모를 소리를 했다.

그 말을 들은 메구밍이 짐작 가는 구석이 있는지 몸을 부들부들 떨고 있을 때—

"얼마 전에 언니한테서 받은 편지에 말이지. 모험가 길드에 있는 사람들은 전부 언니를 동경할 뿐만 아니라, 언니를 보기만 하면 존댓말로 인사하면서 고개를 숙인다고 적혀 있었어."

코멧코는 한 귀로 흘려들을 수 없는 발언을 입에 담았다.

거실 안에 정적이 흐르는 가운데, 나는 작은 목소리로―.

"어이."

내가 짤막한 태클을 날리자 메구밍은 몸을 부르르 떨고 벌떡 일어섰다.

"코멧코, 정원에 가서 노세요! 정원의 닭장 안에는 젤 킹이 있어요. 그리고 한동안 촘스케와 놀지 않았죠? 이 애를 데리고 닭장에 가서 젤 킹에게 모이를 주세요!"

"알았어! 살찌우라는 거구나!"

창가에서 햇볕을 쬐고 있던 촘스케를 주저 없이 제물로 바친 메구밍은 코멧코가 밖으로 나간 후에야 딱딱하게 굳어 있던 표정을 풀고 한숨을 내쉬었다.

그리고 계속 우리 시선을 피하려는 것처럼 돌아서 있는 메구밍을 향해 나는 태클을 한 번 더 날렸다.

"⋯⋯어이."

"아니에요!"

우리를 향해 돌아선 메구밍은 그 자리에서 무릎을 꿇으며 일단 부정부터 했다.

뭐가 아니라는 건지는 모르겠지만, 뭐라고 변명을 하는지 일단 들어보기로 할까.

우리가 소파에 앉자 메구밍은 옛날 일을 떠올리는 눈빛을 띠면서—.

"제가 다 설명해줄게요. 실은 피치 못할 사정이 있어서 그런 소리를 한 거예요. 그건, 제가 홍마의 마을을 나서고 얼마 지나지 않았을 즈음의 일이에요……."

그렇게 말한 후 어쩌다 이런 사태가 벌어진 것인지 이야기 해줬다.

"—뭐가 피치 못할 사정이라는 거야."

끝까지 듣고 보니 결론은 가족에게 보내는 편지에 허풍을 좀 섞었을 뿐이었다.

"그것도 메구밍이 잘 지내고 있는지 걱정하고 있을 부모님을 안심시키기 위해 그런 거짓말을 한 것이다.

그러고 보니 옛날에 홍마족의 마을에 갔을 때도 부모님이 말도 안 되는 발언을 했었지.

"어쩔 수 없잖아요. 저를 걱정한 부모님이 데리러 오기라도 하면 큰일이니까요. 카즈마도 제가 부모님에게 끌려가면 곤란하죠?"

메구밍은 그런 뻔뻔한 소리를 하면서 벌떡 일어서더니 망토를 힘차게 흔들었다.

"아니, 뭐……? ……어? 메구밍이 끌려가면……?"

곤란할까?

"어이."

메구밍은 고민에 잠긴 나에게 금방이라도 달려들 것 같은 표정을 지었다.

"나는 메구밍이 사라지면 곤란하거든?! 집안일 당번표를 다시 짜야만 하는 데다, 부담도 커질 거야! 게다가, 같이 게임을 할 상대도 줄잖아!"

아쿠아가 위로할 요량으로 한 말이 결정타로 작용한 건지 메구밍은 두 손으로 바닥을 짚으며 그대로 고개를 푹 숙였다.

그런 메구밍을 본 다크니스가 위로해주려는 것처럼 그녀의 등을 쓰다듬었다.

"이, 일단 그 일은 제쳐두기로 하고, 이렇게 되면 코멧코에게는 사실대로 말할 수밖에 없겠구나. 어차피 그런 거짓말은 곧 들통 날 거다. 그러니 이참에 사실대로 말해두는 편이 나을 거다."

우리가 그 말에 동의한다는 듯이 고개를 끄덕이자ㅡ.

"하, 하지만 언니로서의 위엄이······! ······아, 다크니스의 말이 맞아요. 애초에 편지에 저희의 활약상을 과장해서 적었던 것은 부모님을 안심시키기 위해서였죠. 옛날에는 사실만 적어서 보냈거든요? 하지만 엄마가 너무 걱정을 하더라고요······. 지금은 이렇게 다 같이 저택에서 살고 있는 데다, 진짜로 대활약을 하고 있잖아요. 이제 와서 저를 다시 데려가려고 할 리가 없으니까, 코멧코에게는 솔직하게 말해둘래요."

메구밍은 각오를 다진 건지 개운한 표정을 짓더니 그렇게 말하며 미소를 지었다.

"코멧코. ……실은 당신에게 해줄 중요한 이야기가 있어요."

한동안 놀면서 만족한 건지, 진흙 범벅이 되어서 저택으로 돌아온 코멧코를 소파에 앉힌 메구밍은, 자신의 여동생과 마주보고 앉아 진지한 표정으로 이야기를 시작했다.

코멧코는 그 말을 듣고 놀란 표정을 짓더니—.

"내일 세숫대야 푸딩을 만들어주지 못하게 된 거야……?"

"그런 아무래도 상관없는 이야기를 하려는 게 아니에요! 그리고 푸딩은 만들어줄게요! 그것보다 더 중요한 이야기를 할 거라고요!"

푸딩을 만들어줄 거라는 말을 듣고 안도의 한숨을 내쉰 코멧코에게—.

"코멧코. 저희는 이 마을에서 가장 엄청난 모험가 파티라고 편지에 써서 보냈죠?"

메구밍은 각오를 다진 목소리로 그렇게 말했다.

"응. 언니는 그 어떤 몬스터도 한 방에 해치우는 마법사이고, 이 마을의 모험가들에게 엄청 존경받고 있댔어."

"그래요. 그 부분 말인데요……."

코멧코가 담담한 목소리로 그렇게 말하자 메구밍은 고개를 끄덕였고—.

"그리고 금발 언니는 그 어떤 몬스터가 상대일지라도 절대 도망치지 않는 데다, 온갖 공격을 견뎌내는 믿음직하고 멋진 크루세이더랬어. 그리고 파란 머리 언니는 그 어떤 악마나 언데드에게도 지지 않는 데다, 죽은 사람도 되살려내는 여신님 같은 아크 프리스트라며?"

메구밍은 코멧코가 이어서 한 말을 듣더니 허둥지둥 벌떡 일어섰다.

"언니의 남자는 운이 좋고 똑똑해서 그 어떤 강적도 해치우는 대단한 사람이잖아. 그리고 입으로는 항상 귀찮다고 하면서도 동료가 진짜로 난처한 상황에 처했을 때는 절대 내팽개치지 못하는 엄청 상냥—."

결국 메구밍은 코멧코가 말을 잇지 못하도록 손으로 그녀의 입을 막았다.

"코멧코, 그렇게 세세하게 이야기할 필요 없어요! 그리고 실은 그 내용에 관해 할 말이 있는데요……."

약간 얼굴을 붉힌 메구밍이 진실을 밝히려고 한 순간—.

"역시 메구밍이야. 여신님 같은 게 아니라 진짜 여신님이지만, 아무튼 뭘 좀 아네. 코멧코, 네 언니가 한 말은 거짓말이 아냐."

아쿠아가 입가를 씰룩이면서 밝은 목소리로 그렇게 말했고…….

"으, 음. 메구밍이 나를 그렇게 생각했다는 건 좀 놀랍지만, 아무튼 거짓말은 아니구나. 후, 후후…… 믿음직하고 멋진 크루세이더……"

그리고 다크니스 또한 입가를 씰룩이며 그렇게 말했다.

"두, 두 사람, 왜 그래요? 아, 아무튼 코멧코! 제가 편지에 썼던 내용 말인데……!"

메구밍이 허둥대면서 말을 끝까지 잇기 직전, 나는 코멧코를 향해 딱 잘라 말했다.

"대부분 사실이야."

4

우리는 코멧코를 데리고 다 같이 모험가 길드로 향했다.

그리고 메구밍은 그런 우리에게 작은 목소리로 잔소리를 해댔다.

"왜 상황을 더 골치 아프게 만든 거죠? 저는 코멧코가 실망하더라도 전부 사실 대로 말할 작정이었는데……."

메구밍이 작은 목소리로 그렇게 속삭이듯 말하자ー.

"진정해, 메구밍. 그리고 아까 코멧코가 한 말 말인데, 딱히 틀린 말도 아니잖아? 뭐, 조금 과장된 것 같기는 하지만 그 정도면 충분히 오차 범위 안이야."

"그래. 뭐, 아주 조금 과장됐을 뿐이잖아. 그리고 편지로는 진실이 명확하게 전해지지 않으니까, 그 정도는 오차라고도 할 수 없을 것 같지 않아?"

그런 우리의 뒤편에서는 왠지 기분이 좋아 보이는 다크니스가 코멧코가 길을 잃지 않도록 손을 맞잡은 채 걷고 있었다.

"금발 언니는 힘이 엄청 세고, 폭렬마법도 견딜 만큼 엄청나지? 대악마가 빙의됐는데도 몸을 빼앗기지 않을 정도로 강하다며?"

"으음, 그러고 보니 그런 일도 있었지. 음, 뭐, 음⋯⋯. 정말, 메구밍은 그런 것까지 적었던 것이냐. 뭐, 사실이기는 하지만 말이다."

"대단해!"

아무래도 다크니스는 칭찬에 익숙하지 않기에 코멧코한테서 이런 이야기를 듣고 우쭐해진 것 같았다.

눈에 띄게 활약할 일이 거의 없는 방어 담당이라서 이렇게 인정을 받는 게 기쁜 것이리라.

"저기, 나는? 나에 대해선 뭐라고 적혀 있었어?"

다크니스와 마찬가지로 칭찬에 익숙하지 않은 아쿠아가 그런 코멧코의 뒤를 졸졸 따르면서 그렇게 물었다.

⋯⋯나중에, 나에 대해서는 뭐라고 적혀 있었는지 물어봐야지.

—꽤 넓은 모험가 길드에서 메구밍의 목소리가 울려 퍼졌다.

"드릴 이야기가 있어요!"

메구밍이 길드에 들어서자마자 그렇게 외치자 모험가들의 시선이 그녀에게 몰렸다.

코멧코를 다크니스와 아쿠아에게 맡긴 후 나와 메구밍은 모험가들에게 자초지종을 설명하기 위해 한 발 먼저 모험가 길드에 도착했다.

"우리 말 좀 들어봐. 실은 너희에게 부탁할게 있어."

사람들의 시선이 모였고 나는 자초지종을 이야기했다.

현재 메구밍의 여동생이 우리 집에 묵고 있으며 우리의 활약상을 꽤 과장해서 전했다.

모험가 길드에서 메구밍은 인정받고 있으며 존경의 대상이 되고 있다.

"그냥 말만 맞춰줘도 돼. 그 대신은 아니지만, 메구밍의 동생이 이 마을에 머무는 동안의 너희 술값은 내가 대신 내주겠어."

내가 술을 사주겠다고 말하자 몇 명의 눈이 반짝였다.

하지만 어린애에게 거짓말을 하는 게 좀 내키지 않는지 시큰둥한 반응을 보이고 있는 이들도 많았다.

"바보 같은 짓을 부탁하고 있다는 건 알아. 그래도 좀 도와줘."

나는 그런 이들을 향해 고개를 깊이 숙였다.

"카, 카즈마……!"

그런 나를 본 메구밍은 말문이 막힌 듯한 표정을 지었다.

메구밍은 이윽고 미소를 지었다.

"저를 위해 이렇게까지 하지 않아도 돼요. 역시 코멧코에게는 그냥 솔직하게 다 털어놓을래요. 언니로서의 위엄보다, 카즈마의 체면이 더 중요하니까요. 여러분, 방금 한 말은 못들은 걸로 해주세요. 이상한 일에 휘말리게 해서 죄송해요."

메구밍은 그렇게 말하면서 길드 안에 있는 모험가들에게 고개를 숙였다.

……바로 그때였다.

"그런 소리 말라고, 메구밍. 나는 말을 맞춰줄 수도 있어. 카즈마에게 몇 번이나 술을 얻어먹었으니까 말이지."

길드 안에서 몇 번 술을 같이 마신 적이 있는 모험가가 그렇게 말했다.

"그러고 보니 나도 이 마을에 온지 얼마 안 되었을 즈음에, 카즈마 씨에게 도움을 받은 적이 있어. 밥을 사주면서 모험가의 마음가짐을 가르쳐줬다니깐. 이 기회에 그 빚을 갚는 것도 괜찮을 것 같네."

과거에 내가 베테랑 모험가인 척 하고 싶어서 밥을 사주며 선배 행세를 했던 여자 모험가가 그렇게 말했다.

"뭐, 카즈마 일행은 마왕군 간부를 몇 번이나 쓰러뜨린 에이스이긴 하잖아. 딱히 과장한 것도 아니긴 하네. 메구밍에게 존댓말을 쓰면 되는 거지? 뭐, 좋아. 너희 덕분에 거물 현상범을 잡아서 짭짤하게 벌었으니까."

나와 친분이 있는 모험가가 그렇게 말했다.

그런 모험가들을 본 메구밍은 금방이라도 울음을 터뜨릴 듯한, 그리고 왠지 기쁜 듯한 표정을 지었다.

"저기……. 고마워요. 하지만 제가 허풍을 친 바람에 여러분이 거짓말을 해야 한다고 생각하니 역시 마음이 아파요. 그러니 그 마음만……."

메구밍이 다른 이들을 향해 고개를 숙이면서 말을 이으려고 한 순간이었다.

모험가 길드의 문이 활짝 열리더니—.

"자, 여기가 액셀의 모험가 길드야! 풋내기 모험가의 마을이라 다들 레벨이 낮고 약하지만, 군침을 삼키며 어슬렁거리면 안주를 나눠주거나 술을 사주기도 하는 상냥한 모험가들이 많아!"

칭찬인지 욕인지 분간이 안 되는 소리를 하면서 길드 안으로 들어온 아쿠아에게 사람들의 시선이 모이는 가운데, 다크니스와 손을 맞잡은 채 길드 안으로 들어온 코멧코가—.

"하지만 언니가 이 마을 모험가들은 엄청나댔어!"

길드 전체에 울려 퍼질 듯한 큰 목소리로—.

"마왕군 간부인 베르디아에게도, 디스트로이어에게도, 카오룽즈 히드라에게도 도망치지 않고 맞서 싸운, 엄청 용기 있고 멋진 사람들이래!"

만면에 미소를 지으며 그렇게 외쳤다.

그 말을 들은 모험가들의 시선은 일제히 메구밍을 향했지만 당사자는 귀까지 새빨갛게 된 채 모자를 깊이 눌러쓰며 시선을 마주치려 하지 않았다.

그런 언니를 딱히 미심쩍어 하지 않으며 근처에 있던 한 모험가에게 다가간 코멧코는 동경심이 가득 찬 눈길로 그 사람을 쳐다보며 이렇게 말했다.

"대단하네!"

"그, 그래? 뭐, 대단하긴 하지. 다른 마을 모험가라면 그런 상황에서 꽁지를 말고 도망쳤을 테니까 말이야. 그래도 네 언니는 더 대단한 사람이야!"

그 모험가가 씨익 웃으면서 그렇게 말하자 메구밍은 깜짝 놀라며 그 사람을 향해 고개를 돌렸다.

그리고 옆에 있던 여자 모험가 또한 딱히 싫지는 않은 듯한 표정을 지으며—.

"뭐, 우리는 레벨이 좀 낮긴 해. 하지만 모험가로서의 마음가짐이라면 다른 마을의 모험가보다 나을걸? 뭐, 그런 우리도 메구밍 씨는 못 당하지만 말이야!"

"멋져!"

"자, 잠깐만요?!"

메구밍은 그 여자 모험가의 말을 막기 위해 허둥지둥 입을 열었지만 다른 모험가도 앞 다퉈서 말을 이었다.

"메구밍 씨의 말은 전부 사실이야, 꼬마 아가씨. 이 마을의 모험가는 전부 용감하지. 나는 베르디아 자식에게 달려들었다가 그대로 살해당했다고. 헤헷, 아무리 마을을 지키기 위해서라고 해도 그건 좀 무모했어……. 뭐, 메구밍 씨에 비하면 덜 무모하지만 말이야. 네 언니는 그 베르디아를 홀로 막아섰다고."

코멧코에게서 존경심어린 시선을 받은 그 모험가가 그렇게 말하자, 메구밍은 뭔가 할 말이 있는 표정을 지으면서도 결국 아무 말도 하지 못했다.

"온갖 나라가 두려워했던 디스트로이어가 액셀에 오고 있다는 말을 들었을 때는 나도 온몸이 부들부들 떨렸어. 하지만 그때 생각했지. 신세만 잔뜩 졌던 이 마을을 반드시 지켜내겠다고 말이야. 뭐, 그 디스트로이어도 메구밍 씨의 폭렬마법에 당하고 말았지만. 아, 이게 그때 입은 상처야……."

코멧코는 눈을 반짝이면서 이마에 상처가 난 남자의 말에 몰입했다.

"카오룽즈 히드라와 싸웠을 때가 생각나는 걸. 그때는 정말 엄청났지…… 원래라면 왕도의 기사단이 나서야 할 상대지만, 왕도 녀석들은 마왕군과 싸우느라 바빴거든. 그러니 우리끼리 어떻게 할 수밖에 없더라고. 뭐? 무섭지 않았냐고? 흥, 그런 감정은 엄마 뱃속에 두고 왔어. 히드라? 아, 그 녀석이라면 메구밍 씨가 숨통을 끊어줬지!"

다른 모험가가 또 무용담을 늘어놓자, 메구밍과 코멧코를 제외한 모든 이들이 고개를 끄덕였다.

"언니도, 다른 사람들도, 정말 대단하네!"

코멧코의 순진무구한 칭찬을 듣고 모험가들이 미소를 짓는 가운데, 메구밍은 전율에 휩싸인 표정을 지으며 마성의 여동생……이라는 알쏭달쏭한 말을 중얼거렸다.

5

"자, 아가씨. 이것도 먹어봐. 액셀의 명물인 개구리 튀김이야."

험상궂게 생긴 모험가는 길드 중앙의 테이블에 앉아있는 코멧코 앞에 접시 하나를 놓았다.

"바보, 어린애는 햄버그 같은 걸 좋아한단 말이야! 자, 이 개구리 햄버그를 먹어보렴."

옆에 있던 여자 모험가가 경쟁하듯 햄버그가 놓인 접시를 테이블에 내려놓았다.

똑똑하고 붙임성 좋은 이 어린 소녀는 만면에 미소를 짓더니―.

"둘 다 먹을래!"

―하고 백점 만점짜리 대답을 했다.

"뭐랄까, 제 여동생이지만 정말 장래가 걱정되네요. 장래에 남자를 농락하는 악녀가 되지는 않을지 걱정돼요."

모험가들에게 귀여움을 받고 있는 코멧코를 멀찍이서 쳐다보던 메구밍은 우리에게만 들릴 만한 작은 목소리로 그렇게 말했다.

"언니인 너도 남자를 농락하는 타입의 악녀잖아. 항상 딱 좋은 타이밍에 초를 치…… 아야야야얏!"

메구밍이 괜한 소리를 하는 내 옆구리를 꼬집었을 때 길드 직원 누님이 싱글벙글 웃으면서 코멧코에게 다가가는 모습이 보였다.

아이스크림이 놓인 접시를 들고 있는 걸 보니 이 언니도 코멧코의 매력에 당한 거라고 생각했지만 아무래도 좀 이상했다.

코멧코는 다람쥐처럼 볼을 부풀린 채 아무 말 없이 음식을 먹어대고 있었다.

그 누님은 그런 코멧코의 옆에 서더니─.

"저기, 잠시 실례해도 될까요?"

방긋 웃으면서 종이 다발을 꺼내들었다.

그리고 그 누님은 그 중 한 장을 옆에 서 있던 모험가에게 건넸다.

"루시즈 고스트 토벌 의뢰? 어? 이건……."

그 모험가는 그렇게 중얼거리면서 다른 이들을 쳐다보았다.

그 누님이 들고 있던 종이 다발의 정체는 바로 몬스터 토벌 의뢰서였다.

그것도 모험가 사이에서 장기 숙성 퀘스트라고 불리는, 아무도 하려고 하지 않아서 방치되어 있던 의뢰들이었다.

그것을 본 아쿠아는 인상을 찡그리며 달려왔다.

"카즈마 씨, 카즈마 씨. 나, 왠지 불길한 예감이 들어. 왠지 성가신 일을 떠맡게 될 것 같은 분위기야."

"이런 우연도 다 있네. 실은 나도 그런 느낌이 들어."

멀찍이서 그 광경을 본 나는 위험한 분위기를 감지하고 서서히 뒷걸음질을 쳤다.

우리가 도망칠 준비를 하고 있을 때, 길드 직원 누님이 미소를 지으며 2인분 식사를 다 먹어치우고 의자에서 꼼짝도 하지 않는 코멧코에게─.

"코멧코 양이라고 했지? 디저트로 아이스크림을 대접할

테니까, 이 언니의 이야기를 좀 들어주지 않을래?"

"들을게요."

코멧코가 음식을 잔뜩 먹어놓고도 또 주저 없이 그렇게 말하자 직원 누님은 아이스크림이 놓인 접시를 그녀의 앞에 뒀다.

"실은 루시라는 이름의 여성 프리스트가 어떤 사건을 계기로 고스트라 불리는 몬스터가 됐어……. 그리고 폐허가 된 교회를 떠돌고 있단다. 저기, 코멧코 양. 고스트가 된 이 언니가 불쌍하지 않니?"

"불쌍해요."

코멧코는 아이스크림을 먹으면서 성실하게 대답했다.

그녀는 코멧코를 쳐다보며 고개를 끄덕이더니…….

"그렇지? 코멧코도 그렇게 생각하지? 그래도 안심하렴. 여기 있는 엄청난 모험가 여러분들이 깔끔하게 해결해줄 거야!"

"""뭐?!"""

누님이 서슴없이 그렇게 말하자 모험가들은 경악했다.

"어, 어이, 루나 씨? 당신 지금 무슨 소리를……."

"해결해줄 거죠?"

옆에 있던 모험가가 누님에게 무슨 말을 하려 했지만…….

누님의 옆에서 눈을 반짝이며 동경심에 찬 시선을 보내고 있는 코멧코 앞에서, 못하겠다는 소리를 할 수 있을 리가 없었다─.

"좋아. 우리도 휘말리기 전에 도망치자. 길드 직원 누님의 저 환한 미소를 봐. 아무도 맡으려고 하지 않는 의뢰를 처리할 기회를 잡아서 좋아 죽으려고 하네."

내가 엄지로 가리킨 곳에서는 의뢰서를 손에 쥔 모험가들이 이러지도 저러지도 못하고 있었다.

동료들 중 그 누구도 내 말에 반대하지 않았다. 그래서 우리는 길드 입구 쪽으로 살금살금 이동했다.

루시즈 고스트.

액셀 마을 인근의 산기슭에는 폐허가 된 교회가 있다.

그리고 그곳은 아쿠시즈교나 에리스교의 교회가 아니다.

어떤 마이너한 신을 모시는 곳인지는 모르겠지만 루시는 그 신을 믿는 마지막 신도였다고 한다.

이 세계의 신은 신자의 신앙심을 힘으로 삼는다.

즉, 이 세계에 자신의 신자가 한 명도 없다면 힘을 잃고 사라지는 것이다.

경건한 신도였던 루시는 자신이 모시는 신이 사라지는 것을 막기 위해 죽은 후에도 이 세상에 남아서 신을 숭배하고 있는 것이다.

고스트가 되고도 신을 모시는 그 한결같고 헌신적인 신앙심 때문에 덕이 높고 성실한 성직자일수록 루시를 퇴치하는 것을 싫어한다.

그리고 원래 성직자였던 루시는 고스트인데도 신성마법에 대한 뛰어난 내성을 지녔다.

그런 존재를 퇴치하기 위해서는 매우 뛰어난 힘을 지닌 프리스트가 필요하며 그런 이들은 하나같이 신앙심이 깊고 덕이 높다.

그런 모순 때문에 아직 루시는 퇴치되지 않았으며 지금도 폐허가 된 교회에 남아 있었다.

"루시를 퇴치하기 위해서는 뛰어난 힘을 지닌 프리스트가 필요해. 그리고 신앙심과는 거리가 먼 파계승이어야 하지. 그런 조건에 부합되는 프리스트가 과연 있을까?"

"파계승이라면 잔뜩 있지만, 강력한 힘을 지닌 프리스트라는 조건이 문제네. 이 마을의 프리스트는 하나같이 돈에 환장해서 실력이 바닥을 치잖아."

"아쿠시즈 교도는 어때? 아쿠시즈교의 프리스트라면 루시를 주저 없이 퇴치할 수 있지 않을까?"

모험가들의 그런 말을 들으며 길드 입구로 이동한 우리는 최대한 소리를 내지 않기 위해 살며시 문을—.

"카, 카즈마, 카즈마……."

메구밍의 겁먹은 목소리를 듣고 불길한 예감이 든 내가 고개를 돌려보니…….

길드 안에 있는 모든 이들의 시선이 아쿠아를 향하고 있었다.

6

다음 날.

아침 일찍 마을을 나선 우리는 액셀 북쪽에 있는 산으로 향했다.

"어이, 아쿠아. 크루세이더인 내가 이런 말을 하는 것도 좀 그렇다만, 진짜로 루시를 퇴치할 것이냐? 솔직히 말해 그다지 내키지 않는다만……."

어제, 우리는 결국 루시즈 고스트를 퇴치하는 퀘스트를 맡기로 했다.

다른 모험가들은 우리에게 그 퀘스트를 떠넘겼지만 장기 숙성 퀘스트는 그것 이외에도 있었다. 결국 안심하고 있던 그 녀석들도 다른 의뢰를 떠맡고 말았다.

참고로 코멧코는 길드에 있으면 사람들이 먹을 걸 준다는 걸 깨달았는지 아침부터 모험가 길드에 가있었다.

"다크니스, 무슨 소리를 하는 거야. 루시가 이 세계에 남아있는 이유를 들었지? 우리 집에 살고 있는, 외로움을 많이 타고 모험담을 좋아하는 지박령과는 경우가 달라. 머지 않아 만족해서 하늘로 올라갈 애는 내버려둬도 되지만, 루시는 이대로 두면 영원히 이 세상에 남아있을 거야. 그럼 강제로라도 하늘로 보내는 게 내 사명이란 말이야."

이 녀석은 뭘 잘못 먹기라도 한 것일까.

웬일로 여신다운 발언을 하고 있는 아쿠아 때문에 다들 놀라는 가운데, 그 사실을 눈치채지 못한 당사자는 말을 이었다.

"그리고 대체 어떤 마이너 신을 모시는 건지 모르겠지만, 라이벌은 적으면 적을수록 좋거든. 최후의 신자를 하늘로 보내서, 그 마이너 신도 이 세상에서 퇴장시킬 거야."

"너, 진짜 악랄한 애구나. 네가 아까 한 말을 듣고 감격한 나한테 사과해."

우리가 그런 이야기를 나누며 걸어가다 보니 폐허가 된 조그마한 교회가 보이기 시작했다.

"저기가 마이너 신을 모신다는 그 교회구나! 꼭두각시와 복수의 여신인지 뭔지는 모르겠지만, 지금 바로 루시와 함께 소멸시켜주겠어!"

"나도 다크니스와 마찬가지로 영 내키지가 않네……. 사라져버리는 신이 여신이라는 말을 들었더니 더 내키지 않아. 방황하는 유령을 편히 쉬게 해주자는 것에는 딱히 반대하지 않는데……."

아쿠아가 내 푸념을 들은 척도 하지 않으며 교회를 향해 성큼성큼 걸어가고 있을 때 메구밍이 갑자기 걸음을 멈췄다.

"……아쿠아, 방금 뭐라고 했죠? 꼭두각시와 복수의 여신이라고 했나요?"

"응. 그게 왜? 길드 직원이 가르쳐줬어. 루시즈 고스트는 꼭두각시와 복수를 관장하는 여신을 신앙했고, 지금도 홀로 기도를 드리고 있대."

메구밍은 그 말을 듣더니 내 옷자락을 잡아당겼다.

"저기, 카즈마? 할 이야기가 있어요."

"왜 그래? 꼭두각시와 복수의 여신처럼 멋들어진 존재를 소멸시키는 건 아쉬우니까 루시를 눈감아주자, 같은 소리라면 하지 마."

내가 농담 투로 그렇게 말하자 메구밍은 움찔했다.

"……화, 확실히 꼭두각시와 복수의 여신이 멋지다고 생각하지만, 사실 그 여신은 저와 인연이 좀 있거든요."

"너는 왜 사신이나 여신 같은 이상한 녀석들과 인연이 있는 건데? 그런 녀석은 아쿠아만으로 충분하다고."

내가 어이없어 하면서 말을 재촉하자 메구밍은 먼 하늘을 응시하며 말을 이었다.

"카즈마는 일전에 제 고향인 홍마의 마을에 갔을 때를 기억하고 있나요?"

"물론이지. 그렇게 유별난 동네를 어떻게 잊냐. 메구밍과 한 이불을 덮고 자기도 했고, 실비아의 가슴에……."

"한 이불 덮고 잤던 건 떠올리지 않아도 돼요! 그것보다, 홍마의 마을에는 다양한 관광명소가 있었잖아요."

"그래. 고양이귀 신사에 성검이 꽂힌 바위도 있었어. 그런데 그게 왜?"

메구밍은 말을 할지 말지 잠시 고민했다.

그리고—.

"그 외에도 『사신이 봉인된 무덤』과 『이름 없는 여신이 봉인된 땅』이라는 곳이 있다는 이야기를 전에 해드렸죠?"

"아, 어렴풋이 생각나. 양쪽 다 봉인이 풀렸다고 했지? 사신이 봉인된 무덤에는 월버그라는 마왕군 간부가 갇혀 있었잖아. 그런데 그 이야기를 왜 하는 거야?"

"사실 사신의 봉인은 제가 어릴 적에 풀어버렸는데, 그건 이미 공소시효가 지났으니 넘어갈게요. 문제는 이름 없는 여신 쪽이에요."

"이 세상에 사신을 풀어놓은 일에 공소시효 같은 건 없을 거라고 생각하는데."

메구밍은 반사적으로 태클을 날리는 나를 개의치 않으면서 마치 잡담이라도 하는 투로 말을 이어나갔다.

"……그건 제가 폭렬마법을 처음 사용했을 때의 일이에요. 저한테 덤벼들던 사신의 종복을 격퇴하기 위해, 그리고 코멧코와 융융을 지키기 위해, 저는 폭렬마법을 사용했어요."

"어이, 얼버무리지 마. 그리고 나를 쳐다보면서 이야기하라고."

메구밍은 나를 쳐다보지 않으며 독백을 하듯 말을 이어나갔다.

"간단히 이야기하자면, 제가 폭렬마법을 사용한 장소가 이름 없는 여신이 봉인된 땅이었어요. 그리고 그곳에 봉인되어 있던 꼭두각시와 복수의 여신이 해방되어서 어딘가로 도망쳐버리고 말았죠."

"무슨 소리를 하는 거야? 너, 진짜로 무슨 소리를 하는 거냐고."

메구밍은 뻔뻔하기 그지없는 표정으로 말했다.

"루시가 모시는 신은 지금까지 홍마의 마을에 봉인되어 있었던 여신 같아요. 마을에서 도망치고 이미 2년 이상 지났으니, 루시 이외에도 새로운 신자가 생겼겠죠. 그러니 망설이지 말고 루시를 성불시키도록 해요. 여신이 소멸될 리가 없으니까요!"

나는 방금 그 말에 어떤 반응을 보이면 좋을지 짐작조차 되지 않았다.

"홍마족은 대체 뭐하는 녀석들이야? 딴 곳에 있던 사신을 멋대로 자기 마을로 옮겨와서 관광 명소로 삼다니, 자유분방한데도 정도라는 게 있다고. 이제 그만 배려심이라는 걸 가지고 살아!"

솔직히 말해 홍마족을 만들었다는 녀석을 확 두들겨 패주고 싶었다.

……하지만 루시가 사라지더라도 그 여신님이 소멸되지 않

는다는 것만은 이해했다.

그렇다면 남은 문제는 루시가 성(聖) 속성에 내성을 지녔다는 점이지만 아쿠아라면 별문제 없을 것이다.

이제 우리가 할 일을 하기만 하면 된다!

7

『다, 다가오지 마! 이 더러운 아쿠시즈 교도야! 나한테 다가오지 말란 말이야!』

"망할 언데드가 뭐라고 지껄이는 거야?! 너 따위에게는 정화 마법을 거는 것도 아까워! 신의 주먹으로 박살을 내준 다음, 천계로 보내버리겠어!"

교회에 도착한 우리는 바로 유령 퇴치를 시작했는데―.

『꼭두각시와 복수의 여신 레지나 님, 이 파랑 머리에게 천벌을 내려주소서! 아쿠시즈 교도여, 저주를 받아라!』

"나 같은 맑고 올바른 신에게 저주를 걸려고 해?! 용서 못해! 다크니스, 검을 빌려줘! 이 언데드가 들러붙어 있는 이 교회를 아예 박살내버리겠어!"

이곳에 있는 고스트는 죽은 후에도 자신이 모시는 신에게 기도를 올리고 있는, 헌신적인 성직자 아니었어?

아쿠아와 말다툼을 벌이고 있는 이는 몸이 반쯤 투명해진 20대 후반의 여자 유령이었다.

나와 메구밍이 어이없다는 듯이 쳐다보고 있을 때 말다툼 중인 두 사람 사이에 다크니스가 끼어들었다.

　"둘 다 진정해라. 아쿠아, 우리는 성직자다. 루시, 너도 생전에는 그랬지 않으냐? 그러니 우선 차분하게 이야기를 나눠보자꾸나. 분명 너희가 모시는 신도 다툼을 원치 않으실 것이다."

　다크니스가 쓴웃음을 지으며 그렇게 말하자 여신과 고스트가 바로 반박했다.

　"잠깐만, 다크니스? 너희가 모시는 신이라는 건 또 무슨 소리야?! 일전에는 내가 여신이라는 걸 믿는다고 말했잖아! 즉, 신인 나를 깔본 이딴 언데드는 바로 퇴치해버려야 해!"

　『내가 모시는 레지나 님은 꼭두각시와 복수의 여신이거든?! 당한 만큼 갚아주는 게 교의(敎義)란 말이야! 아무것도 모르는 외부인이 멋대로 떠들어대지 마!』

　둘은 분노에 사로잡힌 채 다크니스를 향해 반격을 퍼붓더니 그 후에도 공세를 이어나갔다.

　"이래서 에리스 교도는 문제라니깐! 뭐, 에리스교는 신자가 많으니까 다툴 필요가 없긴 하겠지! 그래도 이 나라의 국교라고 거들먹거리는 건 좀 그렇지 않아? 저기, 다크니스. 때로는 아쿠시즈교의 교회에 와서 기도를 하는 건 어때?"

　『에리스 교단은 신도가 많아서 참 좋겠네! 우리처럼 조그마한 곳은 하루하루가 사투란 말이야! 다툼을 원치 않아?

그건 가진 자만이 할 수 있는 말이야! 가지지 못한 자는 처절하게 싸워나갈 수밖에 없어!』

여신과 언데드에게 언변으로 밀린 다크니스는 그대로 물러설 수밖에 없었다.

"인마, 그냥 내버려둬. 어차피 아쿠아가 정화할 거잖아."

"나도 일단은 성직자이지 않으냐. 그래서 언데드를 설득해 보고 싶었단 말이다……."

내가 주눅이 든 다크니스를 위로하고 있는 사이, 본격적인 다툼을 벌이기 시작한 두 사람은 슬슬 결판이 나려는 것 같았다.

"이제 각오는 됐지? 자, 신에게 시비를 건 걸 저 세상에 가서 후회해! 아하하하하하하! 레지나인지 뭔지 하는 마이너 신, 그리고 그딴 신의 마지막 신자인 너를 이 성스러운 주먹으로 한꺼번에 소멸시켜 주겠어!"

『크으으으으으으윽! 아까부터 느껴지는 이 천적의 기운……! 설마 너 따위가 진짜로……! 레지나 님, 레지나 님, 저는 아직 당신에게 입은 은혜를 다 갚지 못했어요! 저를 실컷 이용해놓고 마지막에 잔인하게 차버린 그 남자를, 절망의 구렁텅이에 빠뜨려주신 레지나 님! 제 동생에게 결혼 사기를 쳐서 전 재산을 빼앗아간 여자를, 무일푼으로 만들어주신 레지나 님! 불합리한 불행을 겪고 있는 사람들을 위해서도 당신을 잃을 수는 없단 말이에요!』

빛을 뿜는 주먹을 치켜들며 사악한 미소를 짓고 있는 아쿠아가 서서히 다가오자 루시는 울먹이며 기도를 드렸다.

바로 그때였다.

"안심하세요. 당신이 숭배하는 신은 지금으로부터 2년 쯤 전에 봉인에서 풀려났어요. 그러니 지금쯤 새로운 신자들을 모았을 거예요."

상황을 지켜보고 있던 메구밍이 루시를 향해 그렇게 말했다.

그런 메구밍은 마치 성직자 같아 보였다.

『⋯⋯정말이야? 그걸 네가 어떻게 아는데?』

루시는 애절한 눈빛으로 메구밍을 쳐다보며 그렇게 말했다.

"바로 제가 당신의 소중한 신을 해방시켜줬어요. 그러니 이제 편안히 잠들어도 돼요."

메구밍은 힘찬 목소리로 그렇게 말했고 루시는 그 말이 사실이라고 생각한 건지 온화한 미소를 지었다.

『고마워. 이름 모를 상냥한 사람⋯⋯. 답례를 하고 싶지만, 그 말을 듣고 안심해서 그런지 미련이 사라지고 말았어. 이제 남은 시간이 얼마 안 되네. 답례도 못하고 이렇게 가버려서 정말 미안해⋯⋯.』

루시가 그렇게 말하며 쓴웃음을 짓자 메구밍도 마주 미소를 지었다.

"홍마족의 규율 중에는 걸어온 싸움을 반드시 받아준다, 당한 만큼 갚아준다, 라는 게 있어요. 그 복수의 여신은 왠지 저희와 통하는 바가 있는 것 같으니까, 개의치 마세요."

그 말을 듣고 안심한 듯한 루시는 메구밍을 향해 미소를 짓더니—

"갓블로~!"
『아얏?!』

눈치라고는 눈곱만큼도 없는 진정한 성직자가 갑자기 루시를 주먹으로 후려쳤다.

"너, 느닷없이 무슨 짓을 하는 거야?! 모처럼 분위기가 좋게 흘러가고 있는데 왜 방해하는 거냐고! 척 봐도 알아서 성불할 분위기였잖아!"

전혀 예상하지 못한 사태가 벌어진 탓에 메구밍과 다크니스가 딱딱하게 굳어버린 가운데—

"성불할 것 같으니까 이러는 거야! 어디서 굴러먹던 말 뼈다귀인지도 모르는 마이너 여신의 신자 따위가 감히 나를 무시해놓고 도망가게 둘 수야 없지!"

아쿠아가 방황하는 영혼 앞에서 어른스럽지 못한 태도를 취하자, 반쯤 사라졌던 루시가 팅팅 부은 볼을 움켜잡으며 분노에 사로잡혔다.

『너 같은 게 여신일 리가 없어! 네가 요 모양 요 꼴이니까 네 신자들도 무시당하는 거야! 후배 여신인 에리스보다 신자 숫자도 적으면서 쪽팔리지도 않은 거야? 후배는 국교가 됐는데, 아쿠시즈 교도의 숫자라고 해봤자…… 푸웃!』

루시는 아쿠아를 손가락으로 가리키며 웃음을 터뜨렸다.

그 모습을 본 아쿠아의 얼굴에 점점 분노가 어리더니—.

"뭐? 금방이라도 소멸할 만큼 신도가 없는 마이너 신의 신자 따위한테 그런 소리 듣고 싶지 않거든?!"

아쿠아는 열 받았는지 그대로 달려들려 했지만 몸이 거의 사라진 루시는 공중으로 둥실 떠올랐다.

『위대하신 레지나 님……. 복수를 관장하는 여신의 신도로서, 후배보다 못난 여신에게 말싸움으로 이겼습니다……. 저는 이대로 도망치겠습니다. 부디 당신에게 밝은 미래가 찾아오기를 빌겠습니다…….』

이렇게…….

꼭두각시와 복수의 여신의, 경건한 신도는—.

"이이이이이이이익, 이기고 도망쳤어~!"

물의 여신에게 승리의 흉터를 남긴 후, 아무런 미련도 품지 않은 채 사라졌다.

제4장 이 악랄한 몬스터와 결판을!

1

"코멧코. 입가에 밥알이 붙어 있어요."

아쿠아가 루시즈 고스트를 쓰러뜨린 다음 날.

메구밍은 아침 식사를 맛있게 먹고 있는 코멧코를 돌보고 있었다.

열심히 식사를 하는 코멧코를 지켜보던 메구밍은 동생의 볼에 붙은 밥알을 떼더니 그것을 자기 입에 넣으며 쓴웃음을 지었다.

"언니가 내 밥을 훔쳐 먹었어!"

"코, 코멧코! 밥알 하나 가지고 그런 소리 하지 마세요! 그리고 뺏기기 싫으면 꼭꼭 씹어 먹으면 되잖아요. 그렇게 헐레벌떡 먹지 않아도 아침밥은 도망가지 않는단 말이에요."

메구밍이 상냥한 어조로 그렇게 말하자, 진지하기 그지없는 표정을 짓고 있던 코멧코가 포크와 나이프를 테이블에 두면서 이렇게 말했다.

"옛날에 언니가 밭에서 잡아다준 옥수수가 빨리 안 먹은 바람에 도망친 적이 있었어."

"그 일은 잊으세요. 요리된 음식은 도망치지 않는단 말이에요!"

이미 식사를 마친 아쿠아가 그런 두 사람을 쳐다보며 미소 지었다.

"이렇게 보니 자매도 나쁘지 않네. 저기, 카즈마. 나, 여동생이 가지고 싶어. 이 세상에는 성전환을 시켜주는 마도구가 있대. 너, 그 마도구를 써보지 않을래?"

"네가 무슨 소리를 하는 건지는 모르겠지만, 여동생이 가지고 싶다는 건 이해가 돼. 여동생은 좋지. 특히 오빠~ 하고 불러주는 여동생은 끝내주게 좋다고."

내가 아이리스를 떠올리면서 감상에 젖어있을 때였다.

『긴급! 긴급! 모든 모험가 여러분은 즉시 무장을 한 후, 모험가 길드로 모여 주십시오. 반복합니다. 모든 모험가 여러분은 무장을 한 후, 모여 주십시오.』

그것은 오랜만에 듣는 모험가 길드의 긴급 경보 방송이었다.

나는 무심코 옆에서 홍차를 홀짝이던 다크니스와 시선을 마주했다.

"이 계절에 긴급 경보가 내려지다니, 드문 일도 다 있구나. 양배추를 수확할 시기도 아니고, 거물 현상범이 다가오고 있다는 이야기도 들은 적이 없다. 대체 무슨 일이지?"

다크니스가 의아해 하는 사이, 또 방송이 들렸다.

그리고—.

『또한, 이 마을에 계신 홍마족 분들은 꼭 참가해주셨으면 합니다. 반복합니다. 이 마을에 계신 홍마족 분들은 꼭 참가해주십시오.』

나와 다크니스는 그런 영문 모를 안내방송을 듣고 또 서로를 쳐다보았다.

2

"—대체 무슨 일이냐? 어이, 무슨 일이 벌어진 거지?"

우리가 모험가 길드에 달려가 보니, 그곳에는 직원들이 모여 있었다.

다크니스가 그렇게 말하자 근처에 있던 직원이 우리를 안쪽으로 안내했다.

아무래도 모험가들이 모인 후에 설명을 하려는 것 같았다.

"가능하면 위험한 짓은 하지 않으면서 느긋하게 지내고 싶은데……. 긴급 경보가 내려졌다는 건 또 위험한 녀석이 나타났다는 걸 텐데……."

"그런데, 왜 홍마족은 꼭 참가하라고 한 걸까요? 코멧코는 아직 마법을 쓰지 못하지만 홍마족이라서 데려오긴 했는데……."

메구밍이 약간 경계심이 묻어나는 목소리로 그렇게 말하며 둘러보고 있을 때—.

"기다리고 있었습니다!"

갑자기 길드의 남성 직원이 메구밍을 향해 정중히 인사를 건넸다.

"……음? 갑자기 왜 그래요? 모험가 길드도 드디어 저의 폭렬마법이 얼마나 유용하고 엄청난 마법인지 깨닫고 VIP 대우를 해주기로 한 건가요? 저로서는 이제야 그걸 깨달은 거냐고 말하고 싶지만, 그래도……."

메구밍을 향해 고개를 숙인 남자에게 다른 직원이 말을 걸었다.

"어이, 그쪽이 아냐. 그쪽은 아무래도 상관없어. 정중히 대해야 할 사람은 바로 저쪽이야."

"뭐? 그쪽? 아무래도 상관없어? 나한테 싸움을 거는 거라면 얼마든지 받아주마."

메구밍이 화를 내는 가운데 그 직원은 코멧코를 향해 고개를 숙였다.

"와주셔서 감사합니다. 자, 과자를 준비해뒀으니, 이쪽으로 오시죠!"

코멧코가 그 말을 듣고 직원을 따라가려고 하자 메구밍은 허둥지둥 그녀를 말렸다.

"어이, 내 동생을 멋대로 데려가지 마라! 대체 무슨 일이 죠? 언제부터 모험가 길드가 로리콤 소굴이 된 거예요? 대 답 여하에 따라서는 경찰을 부를 거예요."

"그, 그런 게 아닙니다! 피치 못할 사정이 있다고요! 앗, 루나 씨! 마침 잘 왔어요!"

직원은 울면서 접수 카운터 누님에게 매달렸고 그녀는 빙 긋 웃으며 우리에게 다가왔다.

"느닷없이 홍마족을 부른 걸로 모자라 먹을 걸로 낚으려 고 하다니, 대체 뭐가 어떻게 된 거죠?"

메구밍이 그렇게 묻자 그 누님은 자신만만한 표정을 지으 며 가슴을 폈다.

"모험가 길드에서는 항상 우수한 인재를 모으고 있습니 다. 그리고 아크 위저드의 재능을 지니고 태어나는 홍마족 출신의 귀중한 인재인 코멧코 양을 환대하는 것은 지극히 당연한 일 아닐까요?"

"저기, 저도 홍마족인데요?"

메구밍이 그렇게 말하자 직원들은 고개를 돌렸다.

"아, 아무튼 코멧코 씨는 이쪽으로 오시죠! 간식을 잔뜩 준비해뒀답니다!"

"아, 그러니까 저도 홍마족……."

메구밍이 말을 이으려 했지만 그 누님은 들은 척도 하지 않고 코멧코를 길드 중앙으로 데려갔다.

그리고 누님은 모험가들이 얼추 모였을 즈음—.

"여러분, 이렇게 모여 주셔서 감사합니다! 이렇게 급히 여러분을 호출해서 정말 죄송합니다."

과자를 우걱우걱 먹고 있는 코멧코의 앞에서 모험가들을 향해 미소를 지었다.

"자, 모험가 여러분. 어제는 정말 수고가 많으셨습니다. 어제는 모험가 길드 액셀 지부 창설 이래 최고의 퀘스트 달성률을 기록했습니다. 게다가 그 루시즈 고스트까지 아쿠아 씨가 토벌했죠! 역시 액셀의 모험가 여러분들은 대단하세요!"

무슨 속셈인지는 모르겠지만 누님은 모험가들을 칭찬했다.

모험가들도 기분이 나쁘지는 않은지 멋쩍어하며 코나 머리를 긁적이고 있었다.

"그래서, 말이죠."

바로 그때, 그 누님의 말투가 변했다.

그것도 여러모로 위험한 느낌으로 말이다.

"대단하신 여러분을 위해, 새로운 일거리를 준비했습니다!"

그래, 틀림없다.

또 성가신 일이 벌어질 것 같은 예감이 들었다.

"어제보다 아주 약간 난도가 높은 퀘스트지만, 이 마을의 모험가 여러분이라면 충분히 해낼 수 있을 겁니다!"

누님은 그런 무책임한 소리를 했고 표정이 딱딱하게 굳어 있던 남자가 끼어들었다.

"어이, 루나 씨. 잠깐만 있어봐. 멋대로 일을 벌이지 말라고."

그 말을 듣고도 누님이 눈도 깜짝하지 않자 다른 모험가도 입을 열었다.

"맞아! 어제보다 난도가 높다니, 그게 무슨 소리야?! 그리고 이게 우리를 급하게 부른 이유야?!"

그 뒤를 이어 모험가들이 앞 다퉈 푸념을 늘어놓았다.

"농담하지 마! 좀 봐달란 말이야!"

"어제 열심히 했잖아! 더는 무리라고!"

"오늘은 술집에서 느긋하게 지낼 생각이었는데……."

모험가들이 푸념을 늘어놓고 있었지만 누님은 여전히 미소를 머금은 채—

"괜찮아요. 이 자리에 계신 액셀의 모험가 여러분은 이 나라 제일의 모험가들이니까요!"

근거도 없고 마음에도 없는 소리를 했다.

"그렇죠? 코멧코 양!"

그리고 누님은 테이블에 놓인 과자를 열심히 먹고 있는 코멧코에게 동의를 구했다.

아하, 뭘 노리는 건지 알겠다.

"액셀의 모험가는 대단해. 언니가 말했어. 그 어떤 강적 앞에서도 도망치지 않는 사람들이래."

코멧코가 이 마을에 머무는 동안 장기 숙성 퀘스트들을 전부 해치워버릴 속셈인 것이다.

길드 직원들의 꿍꿍이를 눈치챈 사람은 아마 나만이 아닐 것이다.

이 자리에 있는 모든 모험가들의 얼굴이 새파랗게 질렸지만─.

결국 한 모험가가 자포자기한 목소리로 이렇게 외쳤다.

"……젠장, 하면 될 거 아냐! 어이, 가장 난도가 높은 퀘스트를 내놔!"

그리고 다른 모험가들도 그 뒤를 따랐다.

"조, 좋아. 나도 액셀 마법사의 진짜 실력을 보여주겠어!"

투덜거리고 있긴 하지만 모험가들은 오늘도 의욕이 넘쳤다.

그런 그들을 보고 이마에 진땀이 맺힌 메구밍은 그들을 말리려는 것처럼 손을 뻗었으나─.

"저, 저기, 여러분이 무리를 하실 필요는……."

하지만 그 조그마한 손은 누구에게도 닿지 않은 채 꼼지락거리기만 했다.

"으, 으음……. 칭찬받을 만한 수법은 아니지만, 요즘 들어 모험가들이 일을 하지 않는다는 이야기를 들은 적이 있지. 장기 숙성 퀘스트 뿐만 아니라 일반 퀘스트조차도 하지 않는다더구나. 뭐, 따지고 본다면⋯⋯."

다크니스는 그렇게 말하면서 나를 힐끔 쳐다보았다.

"너와 함께 거물 현상범을 몇 번이나 잡은 덕분에 주머니 사정이 좋아져서 일하기 싫어하는 자가 늘었기 때문이지. 특히 카즈마와 자주 어울리는 모험가일수록 네 영향을 심하게 받아서 아예 백수가 된다고 들었다. 그러니 액셀 주변의 치안을 지키기 위해서라도, 이건 필요한 조치라고 할 수도 있겠구나."

이 녀석, 진짜 멋대로 떠들어대네.

하지만 마을 주변의 몬스터가 많아지면 문제가 되는 것은 사실이니까⋯⋯.

"아무튼 우리도 적당한 퀘스트를 찾아보자. 코멧코에게 멋진 모습을 보여줘야 하잖아. 안 그래, 메구밍?"

나는 메구밍을 향해 쓴웃음을 지으며 그렇게 말했다.

"그래요. 어제는 아쿠아만 활약했으니, 이쯤에서 언니가 얼마나 대단한지 보여줘야 위엄을 유지할 수 있겠죠."

우리가 적당한 퀘스트를 찾아보려고 한 바로 그때였다.

"걱정하지 마세요. 실력파 파티인 사토 씨 일행에게 어울리는 의뢰를 준비해뒀으니까요!"

누님은 그렇게 말하면서 환한 미소를 지었다.

왠지 어마어마하게 불길한 예감이 들었다.

그리고 우리는 어제 아무도 하기 싫어하는 루시 퇴치 퀘스트를 수행했다.

그러니 또 성가신 일거리를 떠맡을 수는 없다.

나는 그 누님의 팔을 잡은 후 코멧코에게 우리 목소리가 들리지 않도록 구석으로 끌고 갔다.

"누님은 우리 실력을 알고 있잖아요? 좀 봐달라고요. 평소에는 문제아 취급을 하면서 왜 이럴 때만 이용하려고 하냔 말이에요. 아무리 누님이 미인에 몸매도 좋고 완전 내 취향이더라도 쉽게 이용당할 생각은 없어요."

그 누님은 미인이라는 말에 익숙한지 자연스러운 미소를 지으며 입을 열었다.

"아, 아하하, 미인이라니요……. 사토 씨도 꽤 하네요. 그럼 이렇게 하죠. 만약 사토 씨가 이 의뢰를 무사히 처리해 준다면……. 오늘 일이 끝난 후에 저와 데이트—"

"아, 그런 건 됐어요. 누님이 혼기 놓칠까 싶어서 초조해 하고 있다는 건 이 마을 모험가들 사이에서 꽤 유명하거든요."

내가 말을 끊으며 그렇게 말하자 누님의 표정이 진지해졌다.

"사토 씨, 죄송한데 그 소문은 대체 누가 퍼트렸죠?"

"뭐, 그럼 우리는 개구리나 잡으러 가볼게요."

내가 그렇게 말하면서 가려고 하니 그 누님은 내 팔을 덥석 잡았다.

"어딜 가는 거예요, 사토 씨. 그리고 다른 건 몰라도 이 의뢰만큼은 사토 씨가 아니면 무리예요. 단언할 수 있단 말이에요. 제가 사토 씨에게 부탁하고 싶은 건, 이 액셀 마을에서 사토 씨만 처리할 수 있는 의뢰예요."

누님은 평소와 다르게 진지한 표정으로 그렇게 말했고 나는 걸음을 멈췄다.

딱히 팔에 누님의 특정부위가 닿아있어서 멈춰 선 채 감촉을 즐기고 있는 것은 아니다.

누님이 방금 입에 담은 말이 마음에 걸린 것이다.

다른 건 몰라도 이 의뢰만큼은, 이라는 부분이 말이다.

"나를 꽤 높게 평가하네요. 내 입으로 이런 말을 하는 건 좀 그렇지만, 나는 정정당당하게 싸우면 완전 약해빠졌다고요."

"물론 알고 있어요."

어라, 부정을 안 하네.

모험가들이 각자가 맡은 의뢰 때문에 허둥지둥 길드 안을 뛰어다니는 가운데—

이 누님은 나를 똑바로 쳐다보며 이렇게 말했다.

"사토 씨만이 처리할 수 있는 의뢰란 바로—."

3

액셀 마을 서쪽에 펼쳐진 숲에는 커다란 나무가 한 그루 존재한다.

액셀 마을의 모험가나 직원들 사이에서는 매우 유명한 나무이며, 출입이 금지된 곳인데도 다른 마을에서 온 여행자들이 끊임없이 그곳을 찾는다.

왜 사람들이 이곳에 몰려드는 것인가.

그것은 바로 이 나무 아래에 살고 있는 몬스터 때문이다.

그 몬스터의 이름은 안락 왕녀.

옛날에 내가 퇴치했던 안락 소녀의 상위 버전이라고 할 수 있는 존재라고 한다.

"—저기, 카즈마. 이 의뢰는 관두자. 상대는 바로 안락 왕녀야. 옛날부터 거기서 계속 살아왔는데, 아직까지 퇴치되지 않았단 말이야."

안락 왕녀가 사는 숲으로 향하는 도중—.

내 뒤를 졸졸 쫓아오고 있는 아쿠아가 아까부터 계속 설교를 했다.

"카즈마, 카즈마. 실은 저도 안락 왕녀를 토벌하는 게 내키지 않는데요……."

내가 계속 앞으로 나아가자 메구밍까지 말리기 시작했다.

"두 사람 다 카즈마를 너무 비난하지 마라. 확실히 안락 왕녀는 일부 인간 사이에서 평판이 좋은 몬스터이기는 하지. 예를 들어, 병에 걸려 괴로워하면서 죽음을 기다리는 인간이 그녀의 곁에 가서 행복한 심정으로 숨을 거두는 걸

과연 악행이라 할 수 있을까? 하지만 그녀 때문에 그 숲은 자살의 명소가 되었다. 그래, 이건 자살이다. 신을 모시는 자로서, 나는 자살이라는 행위를 긍정할 수 없다. 설령 상대가 선량할지라도, 타인의 죽음을 돕고 있다면 내버려 둘 수 없다."

다크니스가 나를 감쌌지만 이 녀석도 뭘 모르는 것 같았다.

나는 등에 멘 배낭을 지면에 내려놓은 후 세 사람을 돌아보았다.

"아직 토벌하기로 결심한 건 아냐. 너희는 내가 진짜로 돈이나 명성 때문에 안락 왕녀를 해치우려 한다고 생각하는 거야?"

"당연하잖아. 너는 경험치와 돈을 위해서라면 사랑스러운 요정도 아무렇지 않게 퇴치하는 남자잖아? 옛날에 내가 잡아서 이름까지 붙였던 눈의 정령을 네가 해치웠던 걸 나는 아직 용서하지 않았어."

이 녀석, 그런 옛날 일로 아직 앙심을 품고 있는 거냐.

나는 땅이 꺼져라 한숨을 내쉰 후 말을 이었다.

"나는 아무 짓도 안 했다고 몇 번이나 말했잖아. 네가 난로 옆에 눈의 정령이 든 병을 둬서 녹아버린 거라고."

옛날에 눈의 정령이라는 몬스터를 퇴치하러 갔을 때 이 녀석은 그걸 잡아서 기르겠다는 소리를 했었다.

잡아온 눈의 정령은 다음 날에 사라졌는데 이 녀석은 내가 그 눈의 정령을 해치웠다고 생각하고 있는 것이다.

"옛날에 홍마의 마을에 가다 안락 소녀와 조우했을 때 설명했잖아. 안락 소녀는 선량한 몬스터가 아냐. 그 녀석들은 엄청 음흉한 녀석들이라고."

그때 나는 귀신이나 악마 같은 소리를 들었지만 그 후에 오랜 시간을 들여 세 사람에게 설명을 했다.

이 녀석들은 그때 나름대로 납득했다고 생각했는데……

"그 일도 나중에 생각해보니 좀 이상했어. 진짜로 나쁜 애였다면, 나의 한 점 흐림 없는 눈동자를 속일 수 있을 리 없거든."

"네 눈은 옹이구멍이잖아."

순식간에 논파당한 아쿠아가 삐친 것처럼 볼을 부풀리는 가운데, 나는 배낭 안에서 어떤 물건을 꺼냈다.

"음……. 카즈마, 그건……."

그것은 내가 몇 번이나 신세를 졌던 거짓말을 하면 울리는 예의 그 마도구다.

이대로 안락 왕녀를 퇴치하러 갔다간 분명 동료들이 방해할 것이다.

그래서 이 마도구를 가져왔다.

이 녀석으로 안락 왕녀의 음흉한 속내를 폭로해서 내가 올바르다는 것을 증명하고 말겠다.

"뭐, 너희도 잘 보라고. 내 말이 거짓이 아니라는 걸 증명해주겠어."

내가 자신만만한 어조로 그렇게 말하자 아쿠아는 미심쩍은 표정을 지었다.

―우리는 울창한 숲속을 나아가며 커다란 나무에 다가갔다.

이 숲에는 몬스터들이 거의 없다.

듣자하니, 안락 왕녀가 다른 몬스터에게 해를 입지 않도록, 전직 모험가들이 자주적으로 몬스터들을 퇴치하고 있는 것 같았다.

우리는 몬스터가 없는 숲속을 한참동안 나아갔다.

그리고 방향을 제대로 잡은 건지 점점 불안해지기 시작했을 때였다.

"저기, 카즈마. 저기 아냐? 반짝이고 있는데 말이야."

아쿠아가 가리킨 곳을 쳐다보니 어둑어둑한 숲속인데도 불구하고 그쪽만 밝았다.

그쪽으로 걸어가 보니 거대한 나무와 조그마한 샘이 있었다.

샘 주위에는 나무가 적어서 하늘에서 쏟아지는 빛이 물에 반사되어 주위를 비추고 있었다.

그런 우리에게 누군가가 갑자기 말을 걸었다.

"당신들은 안식을 원하는 모험가인가요? 아니면 길을 잃은 분들이신가요?"

그것은 듣는 이가 무심코 안심할 만큼 맑고 투명한 목소리였다.

나는 그 목소리의 주인을 찾기 위해 주위를 둘러보다—.

"아니면……. 저를 만나러 오신 건가요?"

친근한 표정으로 배시시 웃고 있는 하반신이 나무인 아름다운 여성을 발견했다.

4

큰일 났다. 이런 상황은 전혀 예상하지 못했다.

"저기, 네가 안락 왕녀야?"

아쿠아가 그렇게 묻자 안락 왕녀는 고개를 갸웃거렸다.

"안락 왕녀? 그게 저를 가리키는 말인가요? 참, 인간에게는 이름이라는 것이 있죠. 저한테도 이름을 붙여준 거군요?"

안락 왕녀는 그렇게 말하면서 기뻐하듯 자신에게 붙여진 이름을 몇 번이나 중얼거렸다.

"고마워요. 이 이름을 붙여준 사람에게 고맙다는 말을 전해주지 않겠어요? 저는 이곳에서 움직일 수가 없거든요."

친근하면서도 즐거운 목소리로 우리를 향해 그렇게 말한 안락 왕녀를 보며, 나는 진짜로 골치 아픈 상황에 처했다는 것을 눈치챘다.

겨우 몇 마디 나눴을 뿐인데, 아쿠아와 메구밍뿐만 아니라 다크니스까지도 이 녀석에게 호감을 가졌다.

홍마의 마을에서 쓰러뜨린 안락 소녀는 꿋꿋하면서도 보호 욕구를 느끼게 하는 타입이었다.

하지만 이 녀석은 처음부터 유창하게 말을 늘어놓으면서 적극적으로 우호적인 태도를 취하고 있었다.

"흐음~. 너는 뿌리 부분이 지면과 일체화되어 있구나. 인간 같은 모습을 지니고 있던 안락 소녀와는 완전히 딴판이네."

아쿠아는 그렇게 말하며 서슴없이 다가가더니 안락 왕녀의 뿌리 부분을 만지려고—.

"안 돼요!"

바로 그때, 우호적이던 안락 왕녀가 느닷없이 고함을 질렀다.

아쿠아는 깜짝 놀랐고 다크니스는 나와 메구밍을 감싸려는 것처럼 앞으로 나섰다.

"제 뿌리를 만지면 안 돼요. 이 뿌리는 제 의지와는 상관없이 인간에게 해를 끼친답니다."

안락 왕녀는 그렇게 말하더니 안타까운 표정을 지으며 고개를 숙였다.

"……저기, 그게 무슨 소리야? 너, 혹시 고민이 있으면 말해봐. 내가 들어줄게."

아쿠아가 걱정스러운 목소리로 그렇게 말하는 가운데 나는 안락 왕녀의 고백을 듣고 당황하고 말았다.

설마 자기 입으로 자신이 위험하다는 사실을 밝힐 거라고는 생각도 못했던 것이다.

이게 어떻게 된 거지?

이 녀석, 진짜로 안락 소녀의 상위 버전이 맞는 거야?

왠지 내가 생각한 것과 다른데…….

내가 옆에 있던 다크니스에게 귓속말로 내 생각을 말하자 그녀는 무슨 뚱딴지같은 소리를 하는 거냐는 표정을 지었다.

"너는 전부터 안락 소녀가 음흉한 녀석이라고 말했지? 하지만 저기 있는 안락 왕녀는 인격자로 알려져 있다. 액셀 마을에서 안락 왕녀를 토벌하기 위해 파견된 모험가들 전원이 그렇게 주장했지. 애초에 이 안락 왕녀를 토벌하느냐 마느냐를 가지고 모험가 길드 내부에서도 꽤 말이 많았다. 이 녀석이 진정으로 사람들에게 해를 끼치는 몬스터인가, 토벌 대상으로 삼아도 되는 것이냐, 하고 말이다."

"그래서 나한테 이 의뢰를 맡긴 거구나. 그러고 보니 그 누님은 조사 의뢰라고 했어. 과거에 안락 소녀의 진실을 꿰뚫어본 적이 있고, 웬만해서는 방심하지 않는 베테랑인 나의 이 냉철한 눈으로 몬스터의 본질을 조사하라는 거네."

"그 정도로 신뢰하는 건지는 모르겠지만, 안락 소녀를 희희낙락하며 토벌한 너를 높이 평가한 건 틀림없을 거다."

사실 안락 왕녀가 문제시되는 가장 큰 이유는 바로 다들 이 몬스터가 자신의 최후를 지켜봐주기를 원한다는 점이다.

은퇴했고, 가족도 없으며, 마음을 열 수 있는 동료와도 떨어져 지내는 모험가들.

그런 이들이 마지막으로 추구하는 안식이 몬스터의 곁에서 최후를 맞이하는 것이라는 사실은 아이러니하기 그지없었다.

　"진짜 난리도 아니었어. 홀로 쓸쓸히 고독사를 당하는 것과, 설령 상대가 몬스터일지라도 아름다운 여성이 자신을 위해 슬퍼해주는 가운데 죽음을 맞이하는 것 중에 뭐가 더 낫냐면서 말이야."

　홀로 쓸쓸히 죽을 것인가. 마지막에는 몬스터의 양분이 될지라도 미녀가 임종을 지켜봐주는 상황에서 편안히 잠들 것인가.

　흠, 확실히 그 말을 듣고 보니 안락 왕녀가 나쁜 존재라고 단정 짓는 것은 힘들 것 같았다.

　……뭐, 이 안락 왕녀에게 음험한 꿍꿍이가 없다는 가정 하에서 말이다.

　나는 안락 왕녀에게서 눈을 떼지 않으며 이렇게 말했다.

　"물어볼 게 있어. 지금까지 이곳에 온 녀석들은 어떻게 됐지? 대체 어떤 식으로 최후를 맞이한 거야?"

　안락 왕녀는 그 말을 듣더니ー.

　"다들 잠에 빠져들듯 평온하게 죽음을 맞이했어요."

　담담한 목소리로 그렇게 말하고 금방이라도 울음을 터뜨릴 듯한 표정을 지었다.

　"당신은 지금까지 이곳에 온 모험가들과 다른 것 같군요."

안락 왕녀는 나를 향해 덧없는 미소를 짓더니—.

"제가 이 세상에 존재하는 이유는 당신들 인간을 죽이는 것이에요."

자신의 존재의의를 솔직하게 털어놓았다.

"당신은 강한 마음을 지닌 것 같아요……. 저기, 이런 부탁을 해서 정말 죄송하지만……."

안락 왕녀는 몸을 희미하게 떨고—.

"제가 사랑해 마지않는 인간을 위해……. 저를, 퇴치해주시지 않겠어요?"

난감한 부탁을 해서 미안하다는 것처럼 쓴웃음을 지으며 그런 부탁을 했다.

큰일 났다. 이 녀석은 대체 뭐야?

혹시 진짜로 순수한 마음을 지닌 몬스터인 걸까?

일전에 만났던 키르라는 이름의 리치는 사랑하는 이의 곁으로 가기 위해 아쿠아에게 정화를 해달라고 부탁했다.

이 안락 왕녀는 더는 인간에게 해를 끼치고 싶지 않기 때문에 자신을 퇴치해달라고 부탁한 것이다.

하지만 아직 흔들리면 안 된다. 안락 소녀를 떠올려봐라.

그 녀석 때는 어땠지? 처음에는 간단히 속아 넘어갔었다.

그때 그 녀석을 퇴치할 수 있었던 것은 그저 운이 좋았기 때문이다.

만약 그때 눈감아줬다면 분명 지금도 여행자들이 안락 소녀에게 피해를 입었을 것이다.

"병에 걸려 괴로워하고 있는 것도 아닌데 목숨을 함부로 하면 안 돼! 잘 들어. 이 세상에는 필요 없는 존재 같은 건 없어. 이 세상에서 사라져도 되는 건 언데드와 악마만이야! 몬스터 중에도 맛있는 애와 귀여운 애와 너처럼 상냥한 애가 있어! 백수조차 잘 먹고 잘 살고 있잖아! 그러니까 마음 착한 네가 이 세상에서 사라질 필요는 없어!"

아쿠아는 안락 왕녀의 손을 꼭 잡으며 그렇게 말했다.

안락 왕녀는 아쿠아의 말을 듣더니 금방이라도 울음을 터뜨릴 것 같은 표정을 지었다.

"그래요. 당신은 잘못이 없어요. 일반적으로 안락 소녀는 은퇴한 모험가들이 마지막에 찾는 안식의 장소라 여겨지고 있어요. 홀로 쓸쓸히 병마와 싸우다 괴로워하면서 죽는 것보다, 누군가에게 보살핌을 받으며 고통이나 괴로움 없이 최후를 맞이하는 게 훨씬 나아요. 그리고 안락 소녀의 상위종인 당신에게 임종을 지켜봐달라며 찾아오는 건 어디까지나 찾아온 이들의 책임이에요. 그러니 당신이 가슴 아파할 필요는 없어요."

메구밍까지 안락 왕녀의 손을 움켜잡으며 꼭 끌어안아줬다.

"저는……. 저는, 이 세상에 존재해도 되나요……?"

안락 왕녀는 당황한 표정으로 두 사람을 올려다보았다.

유일하게 다크니스만은 나와 안락 왕녀를 번갈아 쳐다보

면서 난처한 표정을 짓고 있었다.

나는 이런 광경을 홍마의 마을 근처에서 예전에 본 적이 있다.

으으, 이 녀석을 쓰는 것 자체에 반대할 듯한 분위기네.

"어이, 카즈마. 이 안락 왕녀 말인데……."

다크니스는 나에게 무슨 말을 하려다가 내가 쥐고 있는 물건을 보더니 그대로 못 박힌 것처럼 꼼짝도 하지 않았다.

"너, 너, 그건……."

내가 빌려온 것은 바로 거짓말을 탐지하면 소리를 내는 예의 그 마도구다. 내가 몇 번이나 신세를 졌던 그 마도구 말이다.

그것을 손에 쥔 채 안락 왕녀에게 다가가는 나를 본 다크니스는 질린 표정을 지었다.

나는 한 명의 모험가로서 상대방의 본심을 꿰뚫어보려고 하는 것뿐인데, 왜 저런 눈길로 쳐다보는 걸까.

"어이, 그렇게 쳐다보지 마. 나라도 상처 입는다고."

우리 목소리를 들은 아쿠아와 메구밍이 나를 쳐다보더니ㅡ.

"저, 저기, 카즈마. 손에 들고 있는 그건 뭐야? 딸랑딸랑 ~ 하고 울리는 그거 맞지? 그렇지?"

"카, 카즈마? 설마 이 상황에서도 의심하는 건가요? 그런 걸 쓸 필요는 없을 것 같은데……."

다크니스와 마찬가지로 질린 표정을 지은 두 사람이 믿기지 않는다는 눈길로 나를 쳐다보는 가운데, 안락 왕녀는 영문을 모르겠다는 듯 고개를 갸웃거렸다.

"그건 대체 뭔가요?"

안락 왕녀가 의아하다는 표정을 지으며 그렇게 묻자—.

"이건 거짓말을 간파하는 마도구야. 거짓말을 탐지하면 소리를 내지."

정적이 감도는 숲속에서 나와 안락 왕녀는 서로를 응시했다.

내 동료들은 경악한 눈길로 나를 쳐다보고 있었다.

나는 바늘방석에 앉은 느낌을 받으면서도 안락 왕녀에게 다가갔다.

"걱정하지 마. 이게 소리를 내지 않는다면 전면적으로 너를 믿을 수 있어. 그러면 모험가 길드도 너를 토벌하는 것 자체를 재검토할 거야."

그렇다. 이 자리에 있는 이들이 증인이 되는 것이다.

그러니까—.

"그렇군요. 하긴, 몬스터인 저를 믿는 건 무리일 테니까요."

그러니까, 그렇게 슬픈 표정을 짓지 마.

보는 내가 다 괴로울 지경이니까 제발 그만하라고.

"저기, 카즈마? 나, 지금 네가 아이가 생겼다는 걸 알려주러 온 아내에게, 자기는 툭하면 바람을 피워놓고 자기 애가 맞느냐고 묻는 적반하장 의심병 환자 남편처럼 보여."

"아쿠아, 말이 너무 심해요. 이 사람은 바람둥이인 데다,

무조건 남을 의심하고 보는 사람인 건 사실이지만요."

메구밍은 자기가 하는 말이 나를 전혀 감싸주지 못하고 있다는 걸 눈치챈 건지, 목소리가 점점 작아졌다.

"두 분, 고마워요. 그리고 괜찮아요. 저는 몬스터라서 의심받는데 익숙해요. 그러니 개의치 마세요. 그리고 당신도 그렇게 슬픈 표정을 짓지 마세요. 부디 자기 자신을 책망하지는 말아요……."

유일하게 나를 감싸준 이가 안락 왕녀라는 사실 때문에 눈물이 날 것 같았다.

젠장, 왜 길드 직원 누님은 나에게 이 일을 떠넘긴 걸까.

내가 남의 마음 같은 건 전혀 개의치 않는 쓰레기라고 생각하는 걸까.

진짜로 그런 거라면 상처받을 것 같은데…….

내가 마도구를 안아 쥔 채 꼼짝도 못하자 다크니스가 나에게 상냥한 목소리로 이렇게 말했다.

"나는 네 행동이 옳다고 생각한다. 그러니 그 마도구를 넘겨다오. 너 혼자서 궂은 역할을 맡을 필요는 없다."

아냐. 내 감이 아직 안락 왕녀를 믿지 말라고 외치고 있어.

그러니까 그렇게 상냥한 말을 건네지 마.

아까부터 안락 왕녀의 시선이 마도구에서 떨어지지 않아.

이것을 보고 뭔지 물어봤으면서 실은 이 마도구의 정체와 효과범위를 알고 있는 것처럼 말이야.

그런 내 생각을 알 리가 없는 다크니스가 마도구를 넘겨받은 후 안락 왕녀에게 질문을 던졌다.

"안락 왕녀여. 너에게 묻겠다. 너는 우리 인간을 어떻게 생각하지?"

"……당신들 인간은 저에게 있어 매우 소중한 존재예요. 없어서는 안 되는 존재라고 해도 과언이 아니랍니다."

아쿠아와 메구밍이 마도구를 쳐다봤지만 소리는 나지 않았다.

그리고 다크니스는 진심으로 안도한 것처럼 한숨을 내쉬었다.

"의심해서 미안하구나. 하지만 용서해줬으면 한다. 하지만 이것으로 너에 대한 의심은 풀렸다. ……자, 카즈마. 너도 좀 더 밝은 표정을 짓는게 어떠냐? 이번에는 원만하게 해결됐으니까 말이다."

그렇게 말하고 개운한 표정을 짓고 있는 다크니스에게는 눈길도 주지 않으며—.

"지금까지 이곳에 온 모험가와 여행자의 최후를 지켜본 후, 그들이 목숨을 잃고 나면 어떻게 했지? 그들의 몸을 영양분으로 삼았겠지?"

내가 그렇게 말한 순간, 주위의 분위기가 얼어붙었다.

"너, 너……."

아쿠아는 완전히 질린 표정을 지었지만 나는 딱딱하게 굳어버린 안락 왕녀를 쳐다보며 말을 이었다.

"너는 이렇게 말했지? 인간은 소중한 존재라고 말이야. 하지만 그건 영양분으로서 소중한 존재라는 말 아냐?"

안락 왕녀는 그 말을 듣고 마음에 상처를 입었는지 금방이라도 울음을 터뜨릴 것 같은 표정을 지었다.

큰일 났네. 양심이 엄청 찔려.

하지만 이 녀석은 이상해. 역시 이 마도구를 잘 이해하고 있는 데다, 마도구가 반응하지 않도록 말을 골라가면서 하고 있는 것 같아.

그래. 나 자신을 믿자.

경계심 강한 백수의 감이잖아. 아직 확신은 없지만 이 녀석은 음험해.

"한 번 더 묻겠어. 이곳에 온 모험가들이 죽으면, 그 시신은 어떻게 했지? 예 아니면 아니요로 대답해."

여전히 슬픈 표정을 짓고 있던 안락 왕녀는 내 말을 듣더니 쓸쓸한 표정을 지으며 대답했다.

"예. 그들을 제 양분으로 삼았어요. 지금도 제 일부로서……. 그들은 제 안에서 함께 살고 있어요. 저는 그런 그들의 존재를 결코 잊지 않아요. ……자, 이제 만족했나요?"

안락 왕녀는 나를 날카롭게 쏘아보면서 그렇게 말했다.

우와, 완전 내가 나쁜 놈인 것 같은 분위기네.

"카즈마, 역시 너는 인간 말종이야. 선량한 마음을 대체 어디다 흘리고 온 거야? 내가 주워올 테니까 어디서 흘렸는지 빨리 말해. 말해! 빨리 말하란 말이야! 아니면 기억을 잊는 포션 때문에 양심을 잊은 거야?!"

"카즈마, 좀 말을 가려서 할 수는 없나요……? 아까 아쿠아가 뿌리를 만지려고 했을 때, 이 애가 말리는 걸 봤잖아요. 분명 자신의 의지와는 상관없이 멋대로 흡수해버리는 걸 거예요."

우와, 다들 나한테 질리셨군요.

하지만 방금 그 대답을 듣고 이해했다.

이 녀석은 확신범이 틀림없다.

이 마도구의 힘을 정확하게 이해하고 있으며 미묘하게 핀트가 어긋난 발언을 해서 마도구가 반응하는 걸 방지하고 있는 것이다.

"……저기, 너희한테 부탁하고 싶은 게 있어. 잠시 동안만 이 녀석과 내가 단둘이 있게 해주지 않겠어?"

나는 안락 왕녀와 단둘이서 이야기를 나누기 위해 그렇게 말했다.

"너 같은 귀축 백수를 순진무구해 보이는 이 애와 단둘이 있게 할 수는 없거든?"

"저희가 자리를 비운 후, 일전에 홍마의 마을 인근에 있던 안락 소녀처럼 해치워버릴 속셈인 건 아니죠?"

"나를 그렇게 못 믿는 거야? 너희가 없다고 이 녀석을 확

베어버리지는 않을 거니까 안심해. 봐, 이 마도구도 울리지 않잖아?"

아쿠아와 메구밍은 울리지 않는 마도구를 보고 납득을 했는지 순순히 자리를 비켰다.

"카즈마, 몬스터 퇴치는 모험가의 의무이며 누군가가 해야만 하는 일이긴 하다. 그래도 너무 자신을 궁지에 몰지는 마라."

다크니스는 여전히 착각에 빠져 있는 것 같지만 아무튼 셋 다 자리를 비켜줬다.

나는 멀어져 가는 세 사람을 지켜보면서 안락 왕녀에게 말을 걸었다.

"이제 본심을 털어놓을 수 있지? 나는 너희의 본성을 잘 알아. 더는 숨길 필요가 없으니까 솔직하게 말해 보라고."

안락 왕녀는 내 말을 듣더니—.

"……너, 그렇게 남을 의심하면서 살면 피곤하지 않아?"

몬스터인 주제에 내 인생을 걱정해줬다.

5

"이 녀석, 정체를 드러냈구나. 식물 주제에 인간 님한테 설교를 늘어놓지 말라고."

"너는 정말 속 좁은 남자구나. 그러니까 숫총각인 거야."

"……"

"어이, 식물 따위에게 숫총각 소리를 듣고 싶지는 않거든? 애초에 몬스터 따위가 어떻게 그런 말을 아는 건데? 어느 모험가가 가르쳐준 거냐고."

"나만큼 오래 살다보면 다양한 지식을 지니게 돼. ……그런데 너는 어때? 저 셋 중 누구와 교미가 하고 싶은 건데?"

이 녀석 느닷없이 무슨 소리를 하는 거야?

"이래서 야생 몬스터는 싫다니깐. 말을 가려서 하라고. 게다가 저 녀석들은 내 동료거든? 그런 천박한 억측은 작작 늘어놓으라고. 확 뿌리째 뽑아버린다?"

안락 왕녀는 내 협박을 듣더니 여유 넘치는 미소를 지으며 이렇게 말했다.

"그런 짓을 했다간 네 동료들이 부리나케 튀어올걸? 호감도가 떨어져도 괜찮겠어? 그리고 그렇게 체면 차릴 필요 없어. 인간 수컷은 항상 발정기잖아?"

"인간 수컷이니 교미니 발정기니 같은 소리 좀 작작하라고! 우리 인간은 그런 행위를 하기 전에 여러 단계를 걸친단 말이야. 인간은 섬세해. 너희 같은 몬스터와 똑같이 취급하지 마."

안락 왕녀는 내 말을 듣더니 고개를 갸웃거렸다.

"하지만 너는 처음 나를 봤을 때부터 내 여기에서 눈을 떼지 못했잖아?"

안락 왕녀는 그렇게 말하며 천으로 중요부위만 겨우 가려져 있는 풍만한 가슴을 들어올렸다.

"그건 인간 남자의 본능 같은 거야. 너 같은 식물이 광합
성을 하듯, 봄이 되면 주위에 씨앗을 뿌리듯, 이것은 억누
르기 힘든 생리현상 같은 거라고."

"광합성은 그렇다고 쳐도, 우리의 번식 방법은 씨앗을 뿌
리는 것 같은 저속한 타입이 아냐. 그렇게 아무데나 씨앗을
뿌리는 하등생물과 우리를 똑같이 취급하지 마. 우리는 인
간을 회유해서 먼 곳에 포기 나누기를 해. 옛날에 다른 장
소에서 자라던 나는, 모험가와 몬스터가 약한 지역에 심어
달라고 부탁해서 이곳에 왔지."

이 녀석, 의외로 듬직하네.

"게다가 항상 발정기인 너희 같은 인간이나 고블린과 다르
게, 우리가 포기 나누기를 하는 건 백 년에 한 번 정도야.
무계획적으로 수를 불리는 너희와 다르게, 우리는 자연과의
조화를 추구한단 말이야."

"고블린과 우리를 동일선상에 두지 마. 너는 식물 주제에
정말 성가신 녀석이네."

게다가 몬스터 주제에 왜 이렇게 자연친화적인 거지?

"……그건 그렇고, 내 정체를 안 너는 이제부터 뭘 어쩔 거
야?"

아까와는 다르게, 경계심을 드러낸 안락 왕녀는 적의에
찬 시선으로 나를 쳐다보았다.

"그야 뻔하잖아? 나는 모험가이고, 너는 몬스터야. 즉, 적대 관계지. 우리는 공존할 수 없는 관계라고."

안락 왕녀는 내 말을 듣더니 이렇게 말했다.

"내가 대체 무슨 잘못을 했다는 건데? 여기에 오는 녀석들은 하나같이 자기 의지로 온 거야! 홀로 쓸쓸히 죽어갈 바에야 내가 임종을 지켜주는 편이 낫잖아?! 그 대가로 시신을 유효 활용할 뿐이란 말이야. 모험가는 고통도, 쓸쓸함도 느끼지 않으며, 편안히 저세상에 갈 수 있어서 좋고, 나 또한 질 좋은 영양분을 손에 넣을 수 있어서 좋아. 모두에게 좋은 일인데 뭐가 불만인 거야?! 이 위선자야!"

이 녀석, 진짜로 성가신 애네.

어중간하게 지혜가 있는 몬스터만큼 성가신 것은 없다.

"그딴 소리가 먹힐 것 같아? 너 따위는 확 퇴치해버리겠어. 모험가 길드의 이야기에 따르면, 너 때문에 이 숲은 자살의 명소가 되어서 이미지가 나빠졌다잖아. 두 번 다시 이런 데서 자살할 생각이 들지 않도록, 이 숲의 입구에 괴상한 이름이 적힌 간판이라도 설치해야지."

"잠깐만, 성급하게 결론을 내리지 마. 그리고 네가 나한테 해를 끼칠 생각이 없다는 걸 나는 알아."

안락 왕녀는 그렇게 말하더니 음흉한 미소를 지었다.

내가 해를 끼칠 생각이 없다는 게 대체 무슨 소리일까.

"내가 이곳에 뿌리를 내린지도 벌써 백 년이 다 되어가거

제4장 이 악랄한 몬스터와 결판을! 〈205〉

든? 그 사이에 누구도 내 본성을 눈치채지 못했을 거라고 생각해? 그리고 눈치를 챈 녀석들은 어떻게 됐을 것 같아?"

안락 왕녀가 그렇게 말하자 나는 동료들에게 자리를 비켜달라고 했던 것을 후회했다.

깜빡했다. 이 녀석도 엄연한 몬스터인 것이다.

게다가 안락 소녀의 원래 서식지는 강한 몬스터들이 넘쳐나는 홍마의 마을 인근이다.

그런 곳에서 생존 경쟁을 해온 녀석이 약할 리가 없는 것이다.

내가 허리춤에 찬 칼을 향해 손을 뻗자—

"어이쿠, 좀 진정해. 그리고 착각하지 마. 딱히 남들 몰래 해치워버린 건 아냐. 오히려 너한테 있어서도 이득이 되는 이야기라고."

안락 왕녀는 그렇게 말하더니 자신의 발치를 손가락으로 가리켰다.

"무슨 꿍꿍이야?"

"파봐. 너한테 있어서 가치 있는 물건이 묻혀 있을 거야."

나는 그 말을 듣고 이해했다.

안락 왕녀는 모험가들의 몸을 영양분으로 삼는다.

하지만 그녀가 영양분으로 삼은 모험가들이 지니고 있던 금전과 장비, 소지품은 어떻게 했을까?

바로 이 녀석의 발치에 묻혀 있는 것이다.

즉―.

"너, 진짜 하는 짓이 인간과 다를 바가 없구나. 설마 나를 매수하려는 거야?"

"뭐, 너한테 있어서도 나쁜 이야기는 아니잖아? 너는 돈을 손에 넣고, 나는 목숨을 건질 수 있지. win-win 관계라는 거야. 아까도 말했지? 나는 자연과의 조화를 추구해."

이럴 때에 대비해서 돈을 모아두는 건가.

맙소사. 여차할 때 살아남기 위해 자기 몸값을 모아두는 몬스터도 있는 거냐.

하지만―.

"사람을 잘못 봤네. 내 이름은 사토 카즈마. 수많은 마왕군 간부를 해치운 액셀 제일의 모험자야. 평범한 모험가였다면 그 말에 넘어갔을지도 몰라. 하지만 나를 그런 녀석들과 똑같이 취급하지 마. 지금까지 해온 활약 덕분에 돈이라면 얼마든지 있다고."

내가 그렇게 말하면서 등에 멘 배낭을 내려놓자 안락 왕녀가 비로소 초조해하기 시작했다.

"어, 어이, 잠깐만 있어봐. 진정하란 말이야. 네가 돈으로 어찌 할 수 없는 멋진 녀석이라는 건 이해했어. 소, 솔직히 말해 좀 얕봤어. 너는 내가 지금까지 만났던 모험가 중에서 가장 머리가 좋아. 그뿐만 아니라 고결한 긍지도 지닌 진짜배기 모험가야."

나는 그 말을 듣고 움직임을 멈췄다.

"매수 다음에는 과도한 찬양이냐. 하지만 유감이군. 나는 항상 엄청난 활약을 해온 덕분에 웬만한 칭찬에는 눈 하나 깜짝하지 않아. 얼마 전까지 왕성의 메이드에게 매일같이 내 장점을 열 개 이상 말해보라고 시켰을 정도거든."

"그건 인간적으로 좀 그렇지 않아? 몬스터인 나조차도 네가 이상하다는 걸 알겠거든?"

안락 왕녀는 몬스터 주제에 당혹스러운 표정을 자연스럽게 짓더니—.

"……어이, 그건 뭐야? 잠깐만, 그걸로 뭘 어쩌려는 건데?"

내가 배낭에서 꺼낸 물건을 본 순간, 안락 왕녀의 표정이 새파랗게 질렸다.

식물인데 어째서 얼굴이 새파랗게 질리는 걸까 하는 생각이 들었지만, 나는 개의치 않으며 들고 있던 물건을 보여줬다.

"보다시피 제초제야."

"우, 우리, 대화로 풀자. 응? 내가 여기에 있는 게 마음에 들지 않는다면 먼 곳으로 옮겨 심어도 돼……. 응? 부탁이야. 나는 인간을 유혹하거나, 붙잡거나, 빨리 죽게 하려고 한 적은 없어. 오히려 나이든 모험가를 간호하거나, 기저귀를 갈아주기도 했거든? 진짜야. 거짓말이 아니란 말이야. 같은 이야기를 몇 번이나 들어주기도 했고, 진짜 여러모로 도와줬단 말이야. 그러니까 좀 봐줘!"

꽤 진정성 있는 발언이지만 나는 작업을 멈추지 않았다.

"대체 어떻게 옮겨 심으라는 거야. 네 본체는 이 커다란 나무 아냐?"

"내 본체는 이 숲 전부야. 숲 전체에 뿌리가 내렸으니까, 모든 뿌리를 전부 파내서……."

"그딴 짓을 어떻게 해! 이 숲이 얼마나 넓은데!"

나는 제초제의 뚜껑을 연 후 지면에 줄지어 놓았다.

"부, 부탁할게~. 좀 눈감아줘~. 돈 뿐만 아니라 여기 있는 걸 다 줄게! 그리고 눈감아준다면 너를 평생 기억하겠어 ~. 나는 지금까지 임종을 지켰던 사람들을 전부 기억해. 수명이 짧은 인간이 내 기억 속에서라고는 해도 계속 살아있는 거야. 어때? 자식을 남기지 못한 인간이, 다른 누군가의 기억 속에 계속 존재한다는 것만으로도 충분히 가치가 있는 것 같지 않아? 저기~, 그러니까 눈감아줘~!"

이 녀석, 식물 주제에 진짜 말이 많네.

됐어. 빨리 숨통을 끊어주자.

나는 병을 한 손에 들고 안락 왕녀에게 다가갔다.

"자, 장난치는 거지? 너는 나한테 해를 끼치지 않겠다고 말했잖아. 거짓말을 꿰뚫어보는 마도구도 안 울렸잖아! 마음이 바뀌기라도 한 거야? 이상하잖아! 저기, 그냥 허풍떠는 거지?!"

"나는 해를 끼치지 않겠다고는 말한 적 없어. 네가 미묘하게 핀트가 어긋난 대답을 했던 것처럼, 나는 아까 이렇게 말했어. 「너희가 없다고 이 녀석을 확 베어버리지는 않을 거니까 안심해」라고 말이야. 자, 베지는 않았잖아? 나는 거짓말을 안 했다고."

안락 왕녀는 그 말을 듣더니 진심으로 떨기 시작했다.

"노, 농담하는 거지? 조, 좋아! 대화로 해결하자! 내가 할 수 있는 일이라면 뭐든 다 할게! 자, 네가 아까부터 계속 쳐다봤던 이걸 네 마음대로 해도 돼!"

안락 왕녀는 그렇게 말하며 자신의 풍만한 가슴을 움켜쥐더니 흔들어댔다.

"제발 부탁이야. 나도 어쩔 수 없거든? 죽은 인간의 몸을 유효 활용하는 건 재활용이야. 자연 친화적인 거야. 이콜로지란 말이야. 그냥 놔둬봤자 어차피 흙이 될 거니까, 내가 그걸 흡수해도—."

바로 그때, 방금까지 쉴 새 없이 말을 늘어놓던 안락 왕녀가 갑자기 입을 다물었다.

"……저기, 혹시 이걸 보고 좀 갈등하고 있는 거야?"

"아냐."

출렁거리는 가슴에 약간 시선을 빼앗기기는 했지만 갈등은 하지 않았다.

나는 지조가 없다는 소리를 자주 들어도 식물형 몬스터의 가슴을 보고 흥분할 정도는 아니고, 그런 깊디깊은 업(業)

을 짊어지고 있지도 않다.

그런 건 서큐버스만으로 충분한 것이다.

"에이~, 나도 솔직하게 이야기하고 있으니까, 너도 솔직해져~. 자, 어차피 아무도 없잖아? 솔직해지는 게 어때? 실은 조금 흥미가 있지?"

이게 장기 숙성 퀘스트 중에서도 특히 난도가 높은 안락 왕녀인가.

정말 교활하고 성가신 상대다. 마음을 굳게 먹어라, 사토 카즈마.

상대는 식물이다. 일전에 바닐이 줬던 섹시 무와 동급이란 말이다.

"내가 지면의 양분을 흡수하는 건 식물의 본능이야. 그리고 네가 이걸 만지고 싶어 하는 것도 수컷의 본능이잖아? 자, 본능에 따르는 게 뭐가 나빠? 몬스터도 살아있어. 너도 살아있단 말이야! 그러니 본능에 따라 자연스럽게 살아보는 거야!"

본능에 따라 자연스럽게 산다.

역시 식물형 몬스터다. 자연에 관해서는 일가견이 있는 것 같았다.

나는 비틀거리면서 그 가슴을 향해 손을 뻗으려다 허둥지둥 관뒀다.

"내가 지금 뭘 하려고 한 거지?! 너는 진짜 위험한 녀석이야! 하마터면 인간으로서 넘어선 안 되는 선을 넘을 뻔했네!"

내가 정신을 차리자 미인계도 통하지 않는다는 걸 눈치챈 안락 왕녀가—.

"꺄아아아아아아아아아아아아~!"

숲 전체에 울려 퍼질 만큼 큰 목소리로 새된 비명을 질렀다.

6

"뭐, 뭐야?! 뭐가 어떻게 된 건데?! 카즈마 너, 대체 무슨 짓을 한 거야?!"

"카즈마, 지금 뭘 뿌리려는 거죠? 손에 들고 있는 건 혹시 제초제인가요?!"

아쿠아 일행이 안락 왕녀가 지른 비명을 듣고 서둘러 뛰어왔다.

"너희도 마침 잘 왔어! 좀 도와줘! 이 녀석, 진짜 악독하다고!"

내가 으스대면서 그렇게 말하자 어찌된 영문인지 그녀들은 나를 향해 비난하는 시선을 보냈다.

"너, 내가 눈을 뗀 사이에 무슨 짓을 한 거야? 딸랑거리는 마도구로 우리를 속인 거지? 뭐가 어떻게 된 건지 설명해!"

"아쿠아의 말이 맞아요. 우선 자초지종을 설명해주세요."

두 사람은 그렇게 말했고 내가 방금까지 있었던 일을 설명하려 했다. 하지만 안락 왕녀가 눈을 반짝이며 먼저 애절한 목소리로 호소하듯 이렇게 외쳤다.

"이 분이 저한테 갑자기 심한 짓을 하려고 했어요……!"

"인마! 너는 입 다물고 있어!"

나는 괜한 소리를 하는 안락 왕녀를 위협하듯 제초제를 치켜들었다.

다크니스는 그런 내 어깨에 손을 얹으며 당혹스러운 표정으로 이렇게 말했다.

"카즈마, 대체 무슨 일이 벌어진 건지 모르겠구나. 우선 자초지종부터 설명해봐라."

"이 녀석은 역시 음험하더라고. 나와 단둘이 있게 되자마자 본색을 드러냈어. 자, 이 마도구 앞에서 말해봐. 아쿠아 일행이 자리를 비우자마자 태도를 바꿨다고 말이야. 태도를 바꾸지 않았다고 주장할 거면, 이 녀석 앞에서 말해보라고."

내가 마도구를 손에 쥐고 따지듯이 캐묻자 안락 왕녀는 슬픈 표정을 지었다.

"어이, 이제 그딴 태도를 취하지 말라고. 내 평판만 더 나빠지잖아! 이제 그만 포기하고 본성을 드러내!"

하지만 나는 아무래도 이 녀석을 얕보고 있었던 것 같았다.

이 녀석이 사람을 함정에 빠뜨리거나 궁지에 모는 데 특화된 몬스터라는 것을 잊고 있었던 것이다.

안락 왕녀는 내 질문에 대한 대답 대신, 어마어마한 폭탄을 터뜨렸다.

"이 분은 제 가슴에 지대한 관심을 가지고 있었어요……."

"너, 느닷없이 무슨 소리를 하는 거야?"

안락 왕녀가 폭탄발언을 하자 아쿠아 일행의 시선이 내 손으로 집중됐다.

그리고 내가 들고 있는 마도구가 울리지 않아서 분위기가 순식간에 얼어붙었다.

"너, 꽤 하는 걸. 설마 이런 수를 쓸 거라고는 생각도 못 했어. 하지만 나도 이 마도구를 활용할 줄 알거든? 어이, 너 희도 잘 봐. 이 안락 왕녀는 말이지! 너희가 사라진 후에, 비열하고 상스러운 소리만 늘어놓으면서 저질스러운 태도를 취하더라고!"

거짓말을 탐지하는 마도구는 역시 울리지 않았다.

그러자 아쿠아 일행은 당황한 반응을 보였다.

"화, 확실히 상스러운 소리를 한 건 인정할게요. 하지만 제 변명을 들어주세요!"

또 마도구가 울리지 않자, 세 사람은 너희는 대체 무슨 이 야기를 나눈 거냐고 말하는 표정을 지으며 뒷걸음질을 쳤다.

그녀들은 대체 누구의 주장을 믿어야할지 모르겠다는 듯 당혹스러워하고 있었다.

그 모습을 보고 자기가 불리하다고 판단한 안락 왕녀는 승부수를 던졌다.

"다, 당신은 방금, 제 가슴을 만지려고 했잖아요!"

마도구는 울리지 않았다.

"네가 그딴 소리를 하는 거냐?! 너, 자기를 눈감아주면 가슴을 만지게 해주겠다고 지껄였잖아!"

"그렇게 저질스러운 말은 하지 않았어요! 멋대로 해석하지 말아주세요!"

마도구가 여전히 울리지 않자 세 사람의 시선은 점점 차가워졌다.

"젠장, 이래서야 끝이 안나겠네! 너와 대화를 나누려고 한 것 자체가 실수였어! 그냥 바로 해치워버렸어야 했다고! 너 따위는 이렇게 해주마! 이거나 먹어!"

나는 발치에 있는 제초제를 움켜잡은 후, 그것을 안락 왕녀의 뿌리에 뿌렸다.

"하, 하지 마! 꼼짝도 못하는 나한테 이런 짓을 하는 건 비겁하잖아! 말싸움으로 질 것 같다고 힘으로 해결하려고 드는 건 너무 약아빠진 짓 아냐?!"

"시끄러워! 몬스터 주제에 정론을 늘어놓지 마! 어, 뭐야. 저항하는 거냐? 얌전히 받아들여! 듬뿍 뿌려주마!"

안락 왕녀는 내가 제초제를 더는 뿌리지 못하게 하려는 듯, 내 팔을 움켜잡으며 격렬하게 저항했다.

"안 돼! 이러지 마! 그렇게 더러운 걸 뿌리지 말란 말이야! 나, 더럽혀져! 누가 좀 도와줘! 더럽혀진단 말이야! 내 하반신에 이딴 걸 뿌리다니⋯⋯."

"너는 음탕한 발언 밖에 못하는 거냐?! 발치에 제초제를 뿌렸을 뿐이잖아!"

나는 말다툼을 벌이면서도 계속 제초제를 뿌렸다.

그리고 제초제는 금방 효과를 발휘했다. 이윽고—.

"우와, 토할 것 같아. 토할 것도 없고, 그런 내장도 없지만, 왠지 엄청 기분이 나빠⋯⋯."

제초제를 흡수한 안락 왕녀는 초점이 맞지 않는 눈빛을 띤 채 그렇게 말하며 고개를 푹 숙였다.

마치 술에 취한 것처럼 새파랗게 질린 얼굴로 상체를 흔들어대고 있었다.

"좋아. 지금이 기회야. 너희도 제초제를 뿌리는 걸 도와줘!"

내가 그렇게 말하면서 돌아보니 다들 질릴 대로 질린 표정을 짓고 있었다.

"그, 그런 눈빛으로 쳐다보지 마. 내 말은 전부 사실이란 말이야. 이 녀석이 한 말도 전부 거짓말은 아니지만, 그렇다고 전부 사실도 아냐. 아무리 나라도 몬스터의 가슴 따위에 흥분하지는—."

딸랑~ 하고 마도구가 울렸다.

그러자 세 사람은 더욱 질린 표정을 지었다.

"우후후후후."

안락 왕녀는 여전히 기분이 안 좋은 것 같았지만 의기양양한 웃음을 터뜨렸다.

　"꼴좋네, 이 모험가야! 너는 몬스터 상대로 흥분한 변태라는 십자가를 평생 짊어지게 됐어! 감히 나한테 이렇게 맛없는 걸 뿌리대?! 확 지옥에나 떨어져버려, 이 숫총각 자식아!"

　안락 왕녀는 본성을 드러내는 건지 독설을 마구 토하기 시작했다.

　"제초제 따위에 취한 거냐?! 내가 지옥에 떨어지기 전에, 너부터 지옥으로 보내주마!"

　분노한 내가 제초제 병을 손에 들고 다가가자, 안락 왕녀는 될 대로 되라는 듯 멋대로 지껄여대기 시작했다.

　"말싸움에서 졌다고 힘으로 해결하려고 드는 게 부끄럽지는 않나요~? 얼굴이 새빨개졌네요~. 너, 아까 자기가 실력파 모험가라고 말했지? 실력파 모험가라는 인간이 숫총각인 게 부끄럽지는 않나요~?! 주위에 암컷이 셋이나 있는데 아직도 숫총각인 게 말이 돼? 아까는 저 녀석들을 동료라고 불렀지만, 실은 너만 그렇게 생각하는 거 아냐? 쟤들한테 너는 지인 이상 동료 미만인 게……."

　나는 안락 왕녀가 더는 떠들어대지 못하도록 그 녀석의 발치에 제초제를 콸콸 뿌렸다.

　"맛없어! 맛없단 말이야! 젠장, 이 숫총각 자식이! 내 뿌리는 이 숲 일대에 퍼져 있어! 그걸 전부 없애는데 대체 몇 십

년이나 걸리려나~? 네 수명이 다하기 전에 나를 해치울 수 있을까? 네가 들일 노력에 비해 보수는 쪼잔하겠지만, 열심히 내 뿌리를 파봐!"

안락 왕녀는 최후의 순간까지 내 마음에 깊은 상처를 남겼다.

7

"—사토 씨, 고생이 많으셨죠? 안락 왕녀를 토벌하느라 수고 많으셨어요!"

"진짜로 고생이 많았거든요? 진짜로, 골 때릴 정도로, 빌어먹을 만큼, 고생했단 말이에요!"

액셀에 돌아온 우리는 길드 직원 누님에게 보고를 하러 갔다.

"안락 왕녀, 무서워. 안락 왕녀의 숲에 다가가기 싫어……"

그런 내 옆에서는 아까부터 아쿠아가 엉엉 울고 있었다.

열 받은 안락 왕녀는 본성을 드러내더니 나뿐만 아니라 그 자리에 있는 모든 이들을 향해 송곳니를 드러냈다.

"어이, 카즈마……. 저기, 나는 존재감이 없느냐? 진짜로 그런 것이냐? 듣고 보니 납득이 되는 구나……. 어제도 아쿠아와 메구밍이 활약했고, 오늘은 너 혼자서 안락 왕녀를 토벌했지. 나는 안락 왕녀가 말한 것처럼 진짜로 필요 없는 존재인 것이냐? 저기, 안락 왕녀가 말한 것처럼, 나 대신 아다만마이마이를 데리고 가도 크게 결과는 달라지지 않을 것 같으냐?"

다크니스는 안락 왕녀에게 들은 말 때문에 엄청 충격을 받은 건지 비틀거리면서 그렇게 말했다.

"내 이름은 메구밍. 홍마족 제일의 천재이자 액셀 제일의 마법사. 그래. 나는 강해. 나는 대단해. 나는 낙오자가 아냐. 몬스터의 말에 귀를 기울일 필요도 없어. 드세고 고고한 마법사인 척 하지만 실은 친구가 없어 보인다는 그딴 말을 신경 쓸 필요는 눈곱만큼도 없어. 괜찮아. 나한테는 동료가 있어. 소중한 동료들이 있으니까, 괜찮아, 괜찮아, 괜찮아……."

아까부터 자기 암시를 걸고 있는 메구밍을 보니 안락 왕녀가 남긴 상처는 생각보다 깊다는 게 느껴졌다.

"사토 씨라면 분명 해낼 거라고 믿었어요! 수많은 모험가가 토벌을 하러 갔지만 결국 단념하고 돌아온 그 안락 왕녀를 말이에요! 일부 사람들이 안락 왕녀가 무해하다고 주장해서 보수가 적지만……. 그래도 마을 근처에 몬스터가 살게 둔다면 모험가 길드의 체면이 손상돼요! 그래도 사토 씨에게는 조사 의뢰만 했는데 토벌까지 해주셨군요! 정말 감사합니다!"

길드 직원 누님은 마음에 깊은 상처를 입은 우리를 향해 환한 미소를 지으며 그렇게 말했다.

누님의 옆에 있던 코멧코는 존경 어린 눈길로 나를 쳐다보았다.

……바로 그때, 나는 불쑥 어떤 사실을 깨달았다.

"내가 해치운 건 상반신뿐이니까, 숲에 존재하는 뿌리 부분도 남김없이 처리해 주세요. 그런데 물어볼 게 있어요. 왜냐하면 안락 왕녀를 해치울 수 있을 거라고 생각한 거죠?"

내가 그렇게 묻자 누님은 움직임을 멈췄다.

그렇다. 안락 왕녀는 그 자리에서 꼼짝도 할 수 없으니 쓰러뜨리려고 하면 누구든 쓰러뜨릴 수 있다.

하지만 안락 왕녀를 쓰러뜨리면 양심에 큰 대미지를 입고 만다.

"저기, 내가 안락 왕녀도 주저 없이 죽일 수 있는 인간 말종이라고 생각한 건 아니죠?"

누님은 그 말에 답하지 않았다. 그리고 보수가 들어있는 주머니를 나에게 건네줬다.

"그럼 사토 카즈마 씨, 이번에는 정말 수고 많으셨습니다! 그럼 잘 가, 코멧코! 내일도 길드에 놀러오렴!"

"어이, 잠깐만 있어봐. 아직 내 이야기는 끝나지 않았다고! 그리고 코멧코는 이제 안 데리고 올 거야! 그리고 나도 내일부터는 길드에 안 올 거라고! 이제 충분히 일했거든? 장기 숙성 퀘스트 중에서도 난도가 높은 것들을 처리했으니까 말이야!"

누님은 말을 늘어놓고 있는 내 앞에서―.

"내일은 커다란 케이크를 준비해둘게."

"꼭 올게요."

……더는 숨길 생각이 없다는 것처럼 당당하게 코멧코를 먹는 것으로 낚았다.

8

모험가 길드에서 이런저런 일을 마치고 집으로 돌아간 우리는, 심각한 정신적 대미지를 치유하기 위해 각자 휴식을 취했다.

참고로 아쿠아와 다크니스는 젤 킹을 보며 마음의 위안을 얻으려고 닭장으로 향했다.

"코멧코, 할 이야기가 있으니 이쪽으로 좀 와보세요."

그리고 거실 소파에 축 늘어진 상태로 내 맞은편에 앉아 있던 메구밍은, 코멧코를 향해 그렇게 말하면서 자신의 옆에 앉으라는 듯 소파를 두드렸다.

"잘은 모르겠지만, 언니가 화낼 것 같으니까 안 앉을래."

"코멧코!"

감이 좋은 코멧코가 뭔가를 눈치채고 그렇게 말하자―.

"잘 들어요. 모르는 사람이 주는 음식을 먹으면 안 된다고 제가 항상 말했죠? 그런데 어제도 그렇고, 오늘도 그렇고, 남이 주는 걸 넙죽넙죽 받아먹었잖아요. 홍마족이 그렇게 간단히 먹을 것에 낚이면 어쩐냔 말이에요……."

옛날에 우리 파티에 들어올 때 아무것도 못 먹었으니 먹을 걸 사달라고 졸랐던 메구밍이 이런 설교를 하고 있었다.

"언니도 홍마의 마을에 살 때는 딴 사람을 보면 먹을 것을 달라고 조르랬잖아."

"어이."

내가 무심코 태클을 날리자 메구밍은 고개를 돌렸다.

"그때는 그때고, 지금은 지금이에요. 홍마의 마을 사람들은 다들 아는 사이잖아요. 하지만 이런 마을에서는 모르는 사람이 먹을 걸 사준다고 순순히 받아먹으면 안 돼요. 나중에 어떤 대가를 요구할지 모르니까요."

"싫어."

코멧코가 딱 잘라서 그렇게 말하자—.

"코멧코! 그런 소리 하지 마세요! 밥을 사줄 테니 따라오라는 말을 들으면, 어떻게 할 거죠? 당신이라면 넙죽넙죽 따라가 버릴 것 같아서 이런 소리를 하는 거란 말이에요."

"물론 넙죽넙죽 따라가서 부양받을 거야."

코멧코가 언니의 말을 한 귀로 흘렸고 메구밍은 테이블을 내려쳤다.

"바보 같은 소리 하지 말고 제가 시키는 대로 하세요!"

"언니는 불똥이."

메구밍이 그 말을 듣고 벌떡 일어서자 코멧코는 재빨리 도망쳤다.

"도망치지 마세요, 코멧코! 도망쳐봤자 소용없어요! 오늘은 제대로 훈계하겠어요!"

코멧코가 도망친 곳은 바로 저택의 부엌이었다.

철컥, 하는 소리가 들리더니 안쪽에서 문을 잠근 것 같았다.

"나오세요, 코멧코! 안 그러면 오늘 저녁을 안 줄 거예요!"

『여기에 있는 먹거리를 다 먹으면 나갈게.』

아하, 아무래도 아무 생각 없이 부엌으로 도망친 건 아닌 듯싶었다.

"코멧코, 바보 같은 농담 하지 마세요! 그리고 이 문을 열어주지 않는다면 저희가 밥을 먹을 수 없잖아요. 이제 슬슬 저녁 준비를 시작해야 돼요. 빨리 이 문을 열어……. ……코멧코, 안에서 뭘 먹고 있는 거죠?! 말도 안 되는 짓 하지 말고 빨리 나오세요! 안 나오면 문을 박살내버릴 거예요!"

"자매끼리 싸우느라 부엌문을 부수지는 말라고."

이대로 농성을 벌이면 우리도 저녁을 먹을 수 없다. 그래서 나도 코멧코의 설득을 시도했다.

"하지만 말이죠, 카즈마. 이쯤에서 타일러 두지 않으면 후회하게 될 거예요. 그러니 때를 놓칠 수는 없어요."

그러고 보니 저번에 아쿠시즈교의 프리스트인 세실리에게서 들은 이야기에 따르면, 그녀와 처음 만났던 메구밍은 밥을 얻어먹기 위해 교회까지 순순히 따라왔었다고 한다.

"이미 때를 놓친 네가 그렇게 말하니, 설득력이 장난 아니네."

"어이, 나한테 싸움을 거는 거라면 받아주마!"

『오빠, 힘내.』

"코멧코! 농성전을 벌이면서 도발을 하는 건 비겁자들이나 하는 짓이에요! 자, 빨리 나오세요!"

이 자매는 사이가 좋은 건지 나쁜 건지 모르겠다.

……뭐, 사이가 좋으니 싸우는 것이리라.

『찬장 안쪽에 커다란 초콜릿이 있네.』

부엌에서 코멧코의 들뜬 목소리가 들렸다.

메구밍은 그 말을 듣더니 낯빛이 변했다.

"코멧코?! 그건 먹으면 안 돼요! 제가 모처럼 준비한…….코멧코, 알았어요! 더는 화내지 않을 테니까 나오세요! 자, 화해하죠!"

나는 사이좋은 자매의 대화를 들으면서―.

『이거 다 먹고 나면 나갈게.』

"코멧코~!"

역시 여동생은 좋네, 하고 다시 한 번 생각했다.

1

다음 날.

"코멧코! 코멧코, 어디 있죠?!"

아침부터 메구밍이 고함을 지르면서 뛰어다니는 소리를 듣고 나는 잠에서 깨어났다.

"아침부터 왜 그래? 대체 무슨 일이야?"

그 어린 소녀가 이 집에 온 후로 나는 아침에 일찍 일어나고 있었다.

코멧코는 부모님께 우리에 관해 보고한다는 임무도 맡고 있었기에, 너무 게으른 모습을 보여줄 수는 없는 것이다.

"카즈마, 좋은 아침이에요. 실은 코멧코를 찾고 있어요. 그 애는 아침 식사 때까지 공복을 참을 수가 없었는지, 부엌에 있는 걸 멋대로 먹어치운 다음 어딘가에 가버렸어요."

"네 동생은 정말 씩씩하네."

가재 요리가 특기인 언니 밑에서 자라서 저런 애가 된 걸지도 모른다.

"저도 이런 야생아로 기른 적은 없어요. 진짜 누구를 닮은 건지 모르겠어요."

바로 너를 닮은 거야, 라고 말해주고 싶었지만 꾹 참았다.

"뭐, 지금까지 홍마의 마을 밖으로 나가본 적이 없으니까, 액셀 마을이 신기한 거 아닐까? 근처를 산책하고 있을 테니까 아마 곧 돌아올 거야."

"뭐, 저도 이 마을에 처음 왔을 때는 신기했었어요. 그러니 심정은 이해가 되지만……."

메구밍은 납득이 되지 않는 표정을 지으며 한숨을 내쉬었다.

이 마을은 다른 건 몰라도 치안 하나는 정말 좋다.

어린 여자애가 혼자 돌아다녀도 걱정할 필요가 없었다.

그런 고로, 우리는 코멧코가 돌아오기 전에 아침 식사를 마쳤지만—

"저기, 메구밍. 코멧코는 어디 갔어? 어젯밤에 그 애한테 보드게임으로 진 걸 설욕하고 싶은데."

보드게임을 옆구리에 낀 아쿠아는 같이 놀 상대를 찾는 어린애 같은 말투로 그렇게 말했다.

"너, 어린애한테도 진 거야? 어른으로서 문제 있는 거 아냐?"

아쿠아는 이 며칠 동안 코멧코와 정말 친해졌다.

정신연령이 비슷하기 때문인지 마음이 잘 맞는 것 같았다.

"카즈마는 바보지? 너는 핸디캡이라는 말도 몰라? 처음에는 어린애라 방심해서 봐주다가 졌어. 가장 약한 말인 모험가를 한 개 빼고 붙었거든."

"그럼 노 핸디캡 승부나 다름없는 것 아니냐?"

의외로 아이를 좋아하는지, 이 며칠 동안 코멧코와 친해진 다크니스가 약간 안절부절 못하는 어조로 그렇게 말했다.

"그건 그렇고, 아직도 돌아오지 않는 걸 보면 공원 같은 데서 다른 아이들과 놀고 있거나 아니면 모험가 길드에서 또 과자를 얻어먹고 있는 걸지도 모르겠구나."

"그럴지도 모르겠네요. 그 애가 같은 또래 애들과 마음이 맞을 리가 없으니까 길드에 있을 가능성이 클 것 같아요. 그러고 보니 오늘은 케이크를 준비해놓고 기다리겠다고 길드 직원 언니가 말했었죠?"

그렇게 어린데도 난폭한 사람들이 잔뜩 있는 모험가 길드에 제집 드나들 듯이 하다니, 정말 무시무시한 애다.

보통 익숙하지 않은 마을에 간 여동생은 보호자인 언니에게 꼭 붙어 다니겠지만 코멧코는 이미 언니를 졸업한 느낌이었다.

왠지 그 애는 메구밍 이상의 거물이 될 것 같았다.

"뭐, 모험가 길드로서도 코멧코 덕분에 장기 숙성 퀘스트들을 전부 처리해버릴 수 있었지 않느냐. 그러니 과자를 대접 받는 것 정도는 당연한 권리일 거다."

다크니스가 일전에 말한 것처럼 액셀의 모험가들은 요즘 들어 퀘스트를 수행하지 않았다고 하니, 결과적으로는 차라리 잘된 것일지도 모른다.

하지만 코멧코가 돌아가면 다시 예전으로 돌아갈 것 같은데……

"아무튼 식사를 마쳤으니까 저희도 길드에 가보죠."

한편, 아직 여동생에게서 졸업하지 못한 메구밍은 안절부절못하며 그렇게 말했다.

―우리가 모험가 길드에 가보니 그곳에서는 묘한 광경이 펼쳐지고 있었다.

"자, 이것도 먹어볼래? 이 언니가 직접 만든 거란다."

코멧코가 있는 것은 이해가 된다.

하지만 그런 코멧코에게 과자를 먹여주고 있는 이들은 바로 서큐버스 서비스를 하는 누님들이었다.

"꼬마 아가씨, 이것도 먹어봐."

"잘 먹을게요."

누님들이 왜 이런 곳에 있는 건지는 모르겠지만 코멧코는 그 누님들이 주는 과자를 맛있게 먹고 있었다.

나는 그 중에서 낯이 익은 누님을 향해 손짓을 했다. 그리고 나에게 다가온 그 누님에게 귓속말로 물었다.

"그 가게의 누님들 맞죠? 여기는 모험가 길드거든요? 이렇

게 위험한 곳에 왜 온 거예요?"

"어머, 단골손님 분이시군요. 저희로서도 찔리는 구석이 있으니, 이곳이 위험하다는 것은 이해하고 있지만……."

서큐버스 누님은 그렇게 말하더니 과자를 먹고 있는 코멧코를 애정이 가득한 눈길로 응시했다.

"어찌 된 영문인지 저 애를 내버려둘 수가 없어요. 아마 저 애는 뛰어난 악마술사가 될 재능을 지니고 있는 거예요. 장래에는 엄청난 거물이 되겠죠. ……이참에 침을 발라둘까……."

나는 그 누님의 말을 듣고 코멧코를 무심코 쳐다보았다.

코멧코에게 과자를 먹여주고 있는 서큐버스들의 눈빛은 평소와 좀 달랐다.

으음, 왜 진 것 같은 느낌이 드는 걸까.

나도 운과 장사 소질 같은 게 아니라, 악마술사의 재능을 가지고 있으면 얼마나 좋을까.

한편, 아쿠아는 기둥 뒤편에 반쯤 숨어서 그런 서큐버스 누님들을 뚫어져라 쳐다보고 있었다.

사실 아쿠아는 일전에 서큐버스가 경영하는 가게가 존재한다는 사실을 알았다.

그때 아쿠아가 서큐버스들을 퇴치하려고 하자 나는 진심으로 화를 냈었다. 아무래도 눈앞에 악마가 있는데도 내가 그때처럼 진짜로 화를 낼까 무서워서 건드리지 못하고 있는 것 같았다.

이 마을의 서큐버스들을 퇴치하면 남성 모험가들이 불구 대천의 원수처럼 여길 거라고 말해뒀던 게 효과를 보이고 있는 걸지도 모른다.

그러니 별 문제는 없을 거라고 생각하지만―.

"저기, 아쿠아 님도 오신 것 같으니 저희는 이만 실례할게요."

"단골손님, 아쿠아 님과 바닐 님을 잘 부탁드려요! 그럼 코멧코 양, 또 봐."

서큐버스들은 아쿠아의 시선이 신경 쓰인 건지 기둥 쪽을 힐끔힐끔 쳐다보며 그렇게 말했다.

그리고 아쉬워하듯 몇 번이나 코멧코를 돌아보고 모험가 길드를 나섰다.

"……어이, 카즈마. 저 사람들과는 대체 어떤 관계인 것이냐? 네 지인 중에 저렇게 아름다운 여성들이 있다는 건 처음 알았다만……."

"아름다운 언니들이 모여서 경영한다는 찻집의 사람들이네요. 음식 맛은 평범한데 인기가 너무 좋아서 좀 의아한 가게예요. 그런데 저 사람들은 제 여동생의 어떤 면이 마음에 든 걸까요?"

고개를 갸웃거리는 메구밍에게 오늘도 모험가들이 고개를 숙였다.

"메구밍 씨, 안녕하세요."

"메구밍 씨, 오늘은 일거리가 거의 없어요. 어제와 그저께에 대부분의 의뢰를 해치워버린 것 같네요."

메구밍에게 존댓말을 쓰는 데 익숙해진 모험가가 그렇게 말했다.

"그런가요. 그럼 고난도 의뢰를 떠맡는 일은 없을 것 같네요. 여러분도 무리를 하는 것 같아서 요 며칠간 걱정했어요."

메구밍 씨는 그렇게 말하면서 안도한 것처럼 미소를 지었다.

그런 메구밍 씨를 본 코멧코도 미소를 지었다.

"언니, 이 마을의 모험가들은 대단하네."

"그렇죠? 제가 사는 마을의 모험가들이니까요."

주위에 있던 이들은 두 사람의 대화를 듣더니 멋쩍어하면서 고개를 돌렸다.

약간 기뻐하는 걸 보면 이런 말을 듣는 게 싫지만은 않은 것 같았다.

"푸른 머리 언니도 대단했어."

"그렇죠? 제 동료니까요. 그저께는 오랫동안 이 세상에 머무른 고스트를 정화했죠. 아쿠아는 평소에 좀 문제가 많지만, 더 높은 평가를 받아도 된다고 생각해요."

코멧코와 메구밍이 그렇게 말하자 아쿠아는 으스대는 듯한 표정을 지었다.

"그리고 오빠도 대단했어."

"그야 저희 파티의 리더니까요. 대단하지 않을 리가 없죠. ……뭐, 방식에 문제가 있다는 생각이 들지 않는 건 아니지만요……."

어이쿠, 안락 왕녀를 상대로 내가 거둔 화려한 승리를 깎아내리려는 건가?

"……어? 저, 저기, 내 활약은……."

"너는 활약하지 않았잖아."

내 태클을 들은 다크니스가 풀이 죽은 가운데―.

"자, 코멧코. 어떤가요? 제 동료들은 대단하죠? 이 마을의 모험가들은 멋지죠? 홍마의 마을에 돌아가면……. 마을 사람들에게 자랑해주세요."

메구밍은 그렇게 말하더니 멋쩍은 듯이 웃고 있는 모험가들을 향해 미소를 지었다.

"저기, 카즈마. 안락 왕녀가 한 말이 옳았던 것이냐? 식비만 드는 아다만마이마이가 나보다 더 도움이 되는 것이냐?"

"식물한테 말싸움으로 진 걸 가지고 끙끙대지 좀 마. 그 일은 이제 잊으라고."

내가 풀이 죽은 다크니스를 어찌어찌 달래고 있을 때였다.

"하지만 언니는 그다지 대단하지 않았어."

코멧코가 폭탄을 투하했다.

"……코, 코멧코, 방금 뭐라고 했죠? 이 언니가 대단하지 않다고 말했나요?"

길드 안에 정적이 도는 가운데―.

메구밍이 머뭇거리면서 자신의 여동생에게 그렇게 물었다.

"응. 언니만 대단하지 않아."

"코, 코멧코! 혹시 반항기인가요?! 요즘 이상한 말만 써대고, 제 말을 하도 안 들어서 이 언니는 사실 꽤 충격을 받았거든요?!"

메구밍이 울음을 터뜨리려고 하는 가운데 코멧코는 길드 직원 누님에게 걸어갔다.

"가슴 언니에게 부탁드릴 게 있어요."

"코멧코 양, 가슴 언니라고 부르지 말아줬으면 좋겠네요."

그 누님에게 엄청난 별명을 붙여준 코멧코는―.

"대단하지 않은 언니가, 대단해질 수 있는 의뢰를 주세요."

언니를 아끼는 건지, 그렇지 않은 건지 분간이 안 되는 부탁을 했다.

"코멧코, 이제 그만 돌아가죠! 제 힘은 위급한 순간에만 써요. 평상시에는 쓰지 않는단 말이에요. 자, 집에 돌아가면 오늘 밤에도 폭렬 불꽃을 보여줄게요."

메구밍이 부끄러워하듯 빠른 어조로 그렇게 말하더니 코멧코의 손을 잡아끌며 돌아가려 했다.

언니에게 끌려갈 상황에 처했지만 코멧코는 직원 누님을 향해 호소하는 시선을 보냈다.

"으음, 사실 난도가 높은 의뢰가 없어요. 남아있는 거라고는 자이언트 토드 토벌 같은 건데……. 이 마을은 축산업이 활성화되지 않은 데다 개구리 고기는 맛도 좋아서, 항상 수요가 있거든요……."

"그거면 돼요."

코멧코는 딱 잘라서 그렇게 말했고 직원 누님은 당혹스러운 표정을 지었다.

"정말 괜찮겠어요? 자이언트 토드는 엄청 약한 몬스터인데다, 진짜로 식재료로나 쓰이는……."

"그거면 돼요."

코멧코가 멋대로 의뢰를 받으려 하자 메구밍이 그녀를 딱 잡았다.

"왜 멋대로 의뢰를 받으려고 하는 거죠? 게다가 자이언트 토드 토벌 같은 걸 해내더라도 전혀 대단하지 않다고요. 개구리 고기에 낚였나 본데, 당신의 언니가 얼마나 대단한 사람인지 보여주겠어요. 의뢰가 하나도 없는 건 아니죠? 좀 무모한 의뢰라도 괜찮아요. 저는 오늘 힘이 펄펄 샘솟고 있으니까, 마왕군 간부나 드래곤도 해치우겠어요!"

메구밍은 힘찬 목소리로 그렇게 말했고 직원 누님은 난처한 표정을 지었다.

"마왕군 간부나 드래곤도……. 그렇다면 장기 숙성 퀘스트 중에 그 정도 난도인 게 하나 있긴 한데 말이죠……."

그 누님이 말을 할지 말지 고민하고 있을 때였다.

"어이, 메구밍 씨의 얼굴에 먹칠하지 말라고!"

"그래! 본인이 하겠다잖아!"

"맞아. 할 때는 하는 사람들이라는 걸 모르는 것도 아니잖아?"

갑자기 주위에 있는 모험가들이 입을 모아 그렇게 말했다.

메구밍을 그 말을 듣더니 멋쩍어하면서 배시시 웃었다.

"다른 분들 말처럼, 제가 하겠다잖아요. 액셀 주변의 몬스터라면 뭐든 해치우겠어요. 혹시 그 상대는 마왕군 간부보다도 강한가요?"

모험가들이 시끄럽게 떠들어대는 가운데 직원 누님은 메구밍의 말을 듣더니 고개를 저었다.

그럴 만도 했다. 이런 풋내기 모험가의 마을 근처에서 출몰하는 몬스터 중에 마왕군 간부보다 센 녀석이 있을 리 없으니까.

"우리 언니는 대단하단 말이야."

앞으로 언니가 보여줄 활약을 기대하며 눈을 반짝이고 있는 코멧코를 본 직원 누님은 결국 쓴웃음을 지으면서 메구밍에게 종이를 건넸다.

"좋아요. 그럼 메구밍 씨에게 이 최후의 장기 숙성 퀘스트를 의뢰하겠어요."

메구밍은 그 종이를 받더니 길드 전체에 울려 퍼질 만큼 큰 목소리로 이렇게 말했다.

"내 이름은 메구밍! 액셀 제일의 마법사이자 폭렬마법을 펼치는 자! 마왕군 간부나 드래곤일지라도 일대일 승부라면 폭렬마법을 쓰는 제 상대가 되지 못해요!"

"오오오오오오오!"

"해치워버려! 메구밍 씨, 해치워버리라고!"

"뭣하면 우리도 도와줄게!"

모험가들이 갈채를 보내는 가운데, 흥분한 탓에 눈동자가 붉게 빛나고 있는 메구밍은 그렇게 외치면서 망토를 흔들며 포즈를 취했다⋯⋯!

"마지막 남은 장기 숙성 퀘스트는⋯⋯. 몬스터 한 마리를 퇴치하는 퀘스트가 아니라, 몇 년 전부터 영역 다툼을 하고 있는 그리폰과 만티코어를 토벌하는 퀘스트예요."

직원 누님이 그렇게 말한 순간, 정적이 감도는 길드 안에서 메구밍이 멋진 포즈를 취한 채 딱딱하게 굳었다.

2

그리폰과 만티코어.

액셀 마을에 어울리지 않는 그런 강력한 몬스터가 이 근처에 정착한 것은 지금으로부터 약 2년 전의 일이다.

만티코어라 불리는 몬스터는 자연적으로 발생하지 않으며 창성(創成) 마법으로 만들어내는 마법생물이다.

어딘가의 마법사가 반쯤 재미 삼아 만들어서 풀어놓은 것인지, 아니면 인근 유적이나 던전에서 나온 것인지는 알 수 없다.

하지만 어느 날 모습을 드러낸 이 만티코어는 액셀 인근의 산악지대에 갑자기 정착했다.

그리고 얼마 뒤 산악지대에서 그리폰이 목격됐다.

그리폰이 처음으로 발견됐을 때는 날개에 커다란 상처를 입었으며 온몸이 너덜너덜했다고 한다.

이미 중상을 입은 그리폰을 본 모험가 길드는 그 산악지대를 출입 금지 구역으로 지정했다. 상처 입은 그리폰에게 다가가는 것을 금지한 후 중상을 입은 그리폰이 숨을 거두는 것을 기대한 것이다.

또한 잘 하면 그곳을 자기 영역으로 삼고 있는 만티코어와 싸우다 둘 다 죽을지도 모른다고 생각했으리라.

하지만 그리폰은 그런 길드의 기대를 배신하더니, 산악지대에 살고 있는 만티코어와 매일같이 다투면서 인근에까지 피해를 끼치고 있었다.

성가신 몬스터가 두 마리나 생기자 길드는 형식상으로만 의뢰를 내놓았을 뿐, 만에 하나라도 누군가가 그 의뢰를 받지 않도록 보수도 낮게 설정해서 방치해뒀다.

―우리는 현재 그 두 몬스터의 영역에 다른 모험가들과 함께 들어섰다.

이 일행의 가장 뒤편에서 의욕 없이 걸음을 옮기던 아쿠아가 입을 열었다.

"만티코어와 그리폰……. 그러고 보니 옛날에 그런 의뢰를 본 적이 있긴 해."

이 녀석은 대체 무슨 소리를 하는 거야.

"인마, 벌써 잊은 거야? 옛날에 빚더미에 앉았던 시절에 이 의뢰를 맡으려고 했던 적이 있잖아."

그렇다. 그건 우리가 아직 풋내기 모험가였던 시절의 일이다.

돈이 궁했던 이 녀석이 아무도 맡으려 하지 않던 이 의뢰서를 가지고 왔던 것이다.

"그런 적이 있었어? 나는 과거를 돌아보지 않는 여자야. 옛날 일은 전부 잊어버렸어."

"그런 멋진 대사는 이성에게 인기 있는 여자들이나 할 법한 말이야."

이번 의뢰는 여러 장기 숙성 퀘스트 중에서도 길드 측이 무리라고 생각하여 모험가들에게 맡기지 않았던 것이다.

하지만 우리가 이 의뢰를 맡으려 했다가 관둔 후로 2년이 흘렀다.

즉, 이것은 설욕전 같은 것이다.

평소처럼 어쩌다 보니 휘말려서 강적을 해치운 것과는 다르다.

풋내기의 틀을 깨고 어엿한 베테랑 모험가가 됐다는 것을, 이제야말로 증명할 기회가 온 것이다.

"우리도 꽤 출세했네. 풋내기였던 시절에는 이 의뢰를 맡을 엄두도 못 냈잖아."

"그래요. 그때는 빚을 갚느라 매일같이 별의별 퀘스트를 다 했죠. 지금 생각해보면 이상하네요. 돈 걱정을 하지 않아도 될 만큼 풍족한 생활을 하고 있는 지금보다, 빚에 쫓기며 하루하루를 필사적으로 살았던 그때가 더 즐거웠던 것 같아요……."

메구밍이 그때를 그리워하는 어조로 그렇게 말했다.

"뭐, 회고(懷古)라는 것이겠지. 다들 지금보다 옛날이 좋았다고 생각해."

메구밍은 그 당시를 그리워하는 것 같지만 돈을 마련하느라 고생했던 나는 그런 생활만큼은 두 번 다시 하고 싶지 않았다.

"하지만 카즈마. 나도 메구밍의 말에 조금은 동감한다. 당시에는 진짜 풋내기여서 자이언트 토드를 비롯해, 여러 몬스터에게 툭 하면 당했었지. 하지만 지금은……."

그렇게 말하며 과거를 그리워하던 다크니스는 당시의 어떤 일을 떠올린 건지 볼을 살짝 붉히며 몸을 배배 꼬았다.

그런 다크니스를 향해 근처에 있던 모험가가 이렇게 말했다.

"에이, 너희는 그다지 변하지 않았거든? 뭐, 마왕군 간부 같은 거물을 쓰러뜨리긴 했지만 말이야. 아쿠아 씨는 얼마 전에 뒷골목으로 도망친 네로이드를 잡으려다 역습을 당해서 엉엉 울었다고."

"잠깐만, 그 일은 비밀로 해달라고 했잖아! 내가 얼마 안 되는 용돈으로 아이스크림을 사줬는데! 나한테 뇌물을 받아먹어놓고 그걸 털어놔?! 그때 먹은 아이스크림을 돌려줘!"

아쿠아는 자기의 추태를 폭로한 모험가를 향해 그렇게 외쳤지만—.

"내가 네로이드를 쫓아줬으니까, 그 대가라고 생각하라고."

아쿠아는 그 말을 듣더니 「만약 네가 다치면 돈 받고 회복 마법을 걸어줄 거야」라고 말했다.

우리는 옛날에 낯도 꽤 가렸지만 이제는 다른 모험가들과 농담을 나눌 수 있는 사이가 되었다.

그만큼 이 세계에서 보낸 시간은 밀도가 진했고, 길었다.

메구밍과 다크니스의 말에 동의하는 건 아니지만 확실히 빚에 쫓기며 하루하루를 살던 그 시절도 그렇게 나쁘지는 않았다고 생각한다.

……뭐, 변변치 않다고 생각했던 이 세계 자체가 의외로 나쁘지 않다는 걸 깨달은 걸지도 모른다.

산 중턱에서 액셀 마을을 내려다보니 한참 떨어진 곳에

존재하는 절경이 나를 더욱 감상에 젖게 했다.

뭐, 나도 이제는 이 세계를 마음에 들어 하는 걸지도 몰라…….

내가 그런 생각을 하면서 자조 섞인 쓴웃음을 짓고 있을 때였다.

갑자기 그림자가 드리워졌다.

내가 문득 하늘을 올려다보니―.

날카로운 부리와 거대한 날개를 지닌 맹금류의 머리가 눈에 들어왔다.

독수리 머리와 사자 몸통을 지닌 거대생물.

강대한 마수인 그리폰이 우리를 향해 쇄도하고 있었다.

3

"그리폰이 나타났다~!"

무모한 의뢰를 맡게 된 메구밍이 걱정되어 의기양양하게 쫓아온 모험가들도 그리폰의 거대한 몸에 위축됐는지 그대로 굳어버렸다.

"카즈마! 상상했던 것보다 크거든?! 멋들어진 부리가 있는 걸 보면, 젤 킹의 친척일지도 몰라!"

"바보 같은 소리 하지 말고 물러나아아아! 메메, 메구밍,

너는 마법을 영창해! 아직 모습을 드러내지 않은 만티코어보다, 우선 눈앞에 있는 그리폰부터 해치우자고! 이쪽이 더 거물이기도 하잖아!"

"아아아아, 알았어요! 맡겨만 주세요!"

물론 다른 모험가들뿐만 아니라 우리도 위축되기는 했다.

메구밍이 영창을 시작하자 그 목소리를 듣고 정신을 차린 모험가들이 무기를 치켜들었다.

"좋아, 방어는 나한테 맡겨라! 이번에야말로 활약을 해서, 나도 코멧코에게 「갑옷 언니, 대단해」라는 말을 듣고 말 거다! 상대가 그리폰이라고 해봤자 한 마리밖에 안 되지! 이 정도 인원이 힘을 합치면 충분히 상대할 수 있을 거다!"

유일하게 겁을 먹지 않은 다크니스가 그리폰을 향해 돌격했다.

그 모습을 보고 용기를 얻은 모험가들 중 전위 직업인 이들이 그녀의 뒤를 따랐고, 마법사들도 각자가 자신의 특기 마법을 영창하기 시작했다.

하지만 다크니스가 돌격하는 타이밍에 맞추기라도 한 것처럼, 그리폰과 대치중인 다크니스와 우리 사이에 불현듯 또 그림자가 드리워졌다.

"어머나, 보고만 있을 수는 없겠네. 그리폰은 싫지만, 저 녀석이 없어지면 이 산에 인간들이 쳐들어올 테니까."

인간의 머리가 달린 사자 몸통에, 전갈 꼬리와 박쥐 날개를 지닌 생물.

키메라를 연상케 하는 기분 나쁜 육체를 지닌 흉악한 마수, 만티코어가 모습을 드러냈다.

다크니스와 전위 모험가들이 흉악한 두 마수 사이에 끼어서 고립된 가운데, 적의 접근을 허용한 마법사들은 다들 패닉 상태에 빠졌다.

다크니스는 자기가 만티코어를 맡겠다는 듯 검을 뽑아들며 달려들었다. 그리고 만티코어는 그런 다크니스를 힐끔 쳐다보더니—.

날개를 펄럭이며 하늘로 날아오른 후 표적을 주시했다!

"이, 이쪽을 쳐다봐! 어이, 메구밍! 이쪽을 뚫어져라 쳐다보고 있어! 일단 마법을 중단해! 좀 더 거리를 벌리지 않았다간 죽을 거야!"

"자, 잠깐만요, 카즈마! 흔들지 마세요! 만티코어는 지능이 뛰어나요. 제가 강력한 마법을 쓰려고 한다는 걸 알고, 우선적으로 해치우기로 마음먹은 거겠죠. 어버버버버, 와, 와요!"

큭! 도움을 청하려고 해도 모험가들은 다크니스를 엄호하기 위해 그리폰을 견제하고 있다.

하지만 내가 이런 상황에서 당황할 리 없잖아!

나는 활을 꺼내든 후 당황하지 않고 표적을 조준했다.

"이거나 받아라! 저격!"

나는 재빨리 활시위를 잡아당겨서 만티코어를 향해 화살을 날렸다.

그 화살은 정확하게—!

"……이딴 게 통할 것 같아?"

공중에 떠있던 만티코어는 내가 쏜 화살을 꼬리로 쳐냈다.

"메구밍~! 내 화살이 튕겨났어! 뭐가 어떻게 된 거야?!"

"단순히 위력이 부족한 거예요! 만티코어는 이런 곳에 있는 게 이상할 정도의 상위 몬스터라고요! 풋내기 마을의 모험가가 날린 공격이 통할 리가 없어요!"

메구밍은 그렇게 외치며 폭렬마법을 다시 영창하기 시작했다.

이번에야말로 마법 영창을 방해하지 않고 싶지만……!

"우하하! 꽤 남자다운 형씨잖아! 좋아, 내 두꺼운 걸 네 몸에 박아줄게!"

"히익!"

만티코어는 여러 가지 의미에서 흉흉한 이야기를 하더니, 전갈을 연상케 하는 거대한 꼬리를 치켜들며 나를 향해 돌진했다.

나는 메구밍을 감싸기 위해 그녀의 앞에 서서 마법을 영창했다.

"『크리에이트 어스』!"

상대가 제 아무리 강적일지라도 시야를 차단하면 빈틈이 생길 것이다.

만티코어의 시야를 가려서 메구밍이 영창을 할 시간을 벌면—

"나만 믿어, 카즈마! 만티코어나 그리폰처럼 커다란 몬스터는 마법으로 떠 있는 거야! 즉, 마법을 해제하면 추락해!"

내 옆에 있던 아쿠아가 느닷없이 그렇게 외쳤다.

"어이, 관둬! 네가 나서면 매번 일이 이상하게 꼬인단 말이야! 이제부터 내가 평소의 콤비네이션으로 만티코어의 시야를······!"

내가 말을 이으려고 한 바로 그때였다.

"『세이크리드 브레이크스펠』!"

아쿠아가 날린 마법의 빛이 공중을 가르더니 그대로 만티코어에게 꽂혔다.

확실히 아쿠아가 말한 것처럼 만티코어는 마법으로 떠 있었던 것 같았다.

부력을 잃은 만티코어는 이쪽을 향해 돌진해오던 기세를 유지한 채, 관성의 법칙에 따라—!

"우오오오오오오오?!"

"아야야야야야야얏?!"

추락한 만티코어는 나를 짓누르려는 것처럼 추락했다.

사전에 아쿠아가 걸어준 방어마법 덕분인지 나는 심각한 대미지를 입진 않았기에 바로 몸을 일으키려 했다.

하지만—.

"형씨, 괜찮지?! 응?! 괜찮지?!"

"뭐가 괜찮다는 거야?! 옛날에 싸웠던 실비아도 그렇고, 키메라 같은 녀석들은 왜 하나같이 이런 놈들인 건데!"

만티코어는 나를 덮친 채 내 양손을 앞발로 누르더니……!

"자, 이걸로 승천시켜줄까! 으아아아아앗, 뭐, 뭐야?!"

나는 드레인 터치로 만티코어의 마력과 체력을 빨아들였다!

"누구든 괜찮으니까 도와줘~! 안 그러면 여러 가지 의미에서 내 중요한 것들을 빼앗기고 말 거야!"

구체적으로는 정조라거나, 그것보다 더 중요한 목숨 같은 거 말이야!

"윽?!"

아무 소리도 내지 않으며 몰래 다가온 도적 직업의 모험가가 공격을 날리자, 만티코어는 나를 놓고 그대로 몸을 뺐다.

공격을 피한 만티코어는 자신을 덮친 도적이 아니라 나를 쳐다보며 깜짝 놀란 표정을 지었다.

아마 드레인 터치를 당한 게 뜻밖이었기 때문이리라.

이 자리에 있던 마법사들은 어느새 만티코어와 거리를 두더니 그리폰을 향해 마법으로 집중포화를 날리고 있었다.

그리폰 쪽을 확인할 여유는 없지만 저쪽을 우선하는 걸 보면 꽤 위험한 상황인 것 같았다.

드레인 터치를 당한 만티코어가 경계심에 사로잡혀 있는 사이, 나는 칼을 뽑아들었다.

하지만 나는 이 칼로 만티코어와 정면승부를 벌일 생각은 없었다.

최약체 직업인 내 역할은 검으로 싸우는 게 아니라 시간을 버는 것이다.

"어이, 짐승. 아까부터 이상한 소리나 내뱉고 있는데 말이야. 나는 너 같은 타입 때문에 옛날에 심각한 트라우마가 생겼다고! 너를 이 자리에서 해치워서, 과거의 트라우마를 떨쳐내고 말겠어!"

화끈하게 도발을 해서 만티코어의 집중력을 흐트러뜨리자.

어차피 다른 모험가들이 나를 엄호해주고 있잖아. 시간만 번다면—.

"아얏! 만티코어가 한 마리 더 나타났어! 암컷이야! 암컷 만티코어라고!"

"큭, 하나가 아니라 둘이구나! 만티코어는 암컷이 더 강해! 자, 가자!"

나를 도와주러 오던 모험가들은 느닷없이 나타나서 마법

사들을 공격하려 하는 암컷 만티코어를 향해 돌격했다.

…………

"배짱 한 번 좋은 형씨네. 맞짱이구나! 나와 맞짱을 뜨려는 거구나! 진짜 사나이네! 좋아! 형씨 엉덩이에 내 굵직한 걸 박아줄게!"

"봐주세요! 봐달라고요!!"

완전 긁어 부스럼이 됐잖아!

"카즈마, 준비가 끝났어요! 이제 저한테 맡겨주세요!"

마법 영창을 마친 메구밍이 내 등을 쳐다보며 그렇게 말했다.

하지만 만티코어에게 폭렬마법을 날리기에는 너무 가까웠다. 이 녀석을 해치울 거라면 일단 떨어진 곳으로 유인해야 한다……!

"그 마법은 만티코어 따위에게 쓰기에는 너무 아까워! 그리폰이 훨씬 강적이니까, 이런 녀석 말고 그리폰한테 써!"

"아, 알았어요! 그러고 보니 그리폰이 더 강하다는 말을 들은 적이 있어요!"

내가 만티코어를 도발하자 지팡이 끝에 마법을 유지시킨 상태인 메구밍도 자연스럽게 만티코어를 디스했다.

"오? 이 몇 년 동안 저 녀석과 싸워왔던 내가 그리폰보다 약하다는 거야?"

내 임무는 시간을 버는 것이다.

이러는 사이에 만티코어나 그리폰을 해치운다면 전황이 호전될 것이다.

"라라티나~!"

"어이, 괜찮은 거야?!"

"라라티나가 그리폰에게 마구 두들겨 맞고 있어! 아, 잠깐만! 좀 기뻐하는 것 같으니까, 아직 여유가 있는 것 같아……!"

……시간을 벌더라도, 과연 상황이 호전될까.

부탁이야, 액셀의 모험가들! 너희는 대단한 녀석들이잖아!

그런 내 소망이 하늘에 닿은 건지, 나는 만티코어와 대치 중인 상태에서 누군가의 목소리를 들었다.

"좋아, 공격이 통했어! 어이, 카즈마! 이 만티코어를 해치우면 바로 도우러 갈게!"

그 말은 내 눈앞에 있는 만티코어에게도 들렸을 것이다.

방금까지 여유를 보이고 있던 만티코어가 초조한 표정을 지었다.

"어이, 네 마누라를 도우러 가고 싶으면 가도 돼. 내 뒤편에서 마법을 유지하고 있는 녀석은 액셀 제일의 마법사거든. 이 자리에서 우리와 싸우든, 마누라를 도우러 가든, 하고 싶은 대로 하라고."

내가 그렇게 말하자 만티코어는 미심쩍어 하는 표정을 지었지만—.

"오늘은 좀 불리한 것 같네! 싸움은 피하고 싶은걸. 그러니 도우러 가고 싶지만……."

만티코어는 그렇게 말하더니 재빨리 돌아서며 내달렸다.

상위 마수의 전력질주에 풋내기 모험가가 대항할 수 있을 리 없었다. 그리고 암컷 만티코어 또한 자신을 포위하고 있던 모험가들을 몸통 박치기로 날려버리고 내달렸다.

"라라티나가 끌려가겠어~!"

그 말을 듣고 고개를 돌려보니 다크니스를 입에 문 그리폰이 몸을 치켜들면서 금방이라도 날아오르려 하고 있었다.

거대한 부리에 물린 다크니스는 대검을 놓쳤는지 맨손으로 부리를 때리고 있었다.

하지만 단단한 부리에 그런 공격이 통할 리가 없었고—.

"카즈마 씨, 어떻게 좀 해봐! 이대로 있다간 다크니스가 납치당하고 말 거야! 오늘 아침에 젤 킹이 마당에서 지렁이를 잡았는데, 지금 다크니스의 모습이 젤 킹이 잡았던 지렁이와 비슷해!"

"이 비상시에 그런 불길한 소리 하지 마! 너는 괜한 짓밖에 못하는 거냐?!"

우리가 그런 소리를 하는 사이, 두 만티코어는 모험가들의 포위망을 돌파하며 그리폰을 향해 뛰어갔다.

아마 이대로 그리폰의 옆을 지나가서 자신들을 추격하는 모험가들과 그리폰을 격돌시키려는 것이리라.

인간 형태의 머리를 지닌 만큼 꽤 머리가 잘 돌아가는 것 같지만—.

"다크니스, 이를 악물어! 메구밍은 마법을 날릴 준비를 해!"

나는 또 활을 당겨서 그리폰의 머리를 노렸다.

"저렇게 몸집이 크니 맞추는 건 일도 아냐! 자, 이거나 먹어!"

나는 그리폰의 커다란 눈을 향해 저격 스킬로 화살을 날렸다.

저항하는 다크니스에게 신경이 쏠려 있던 그리폰은 내가 쏜 화살에 반응하지 못했다.

"피갸아아아아아아아아앗!"

오른쪽 눈에 화살이 박힌 그리폰은 새된 비명을 질렀다.

그리고 살짝 박혀 있던 화살의 끝 부분을, 다크니스가 될 대로 되라는 듯 주먹으로 내려쳤다.

그 고통을 견디지 못한 그리폰은 다크니스를 놓쳤다. 그리고 다크니스가 꼴좋다는 표정을 지으며 떨어지는 가운데—.

"메구밍, 해치워! 액셀 제일의 마법사인 너의 힘을 저 세 마리에게 보여주라고!"

내가 말을 끝까지 잇기도 전에 그리폰을 향해 지팡이를 든 메구밍이—.

"액셀 마을에 돌아가면, 제 활약상을 제 여동생에게 세세 하게 이야기해주세요. ……내 이름은 메구밍! 액셀 제일의 마법사이자, 폭렬마법을 펼치는 자! 내 비장의 오의를 받아라!『익스플로전』―!!!!!"

메구밍이 날린 폭렬마법은―.

그리폰의 양옆을 지나간 만티코어 두 마리도 집어삼키며 액셀 근처에 존재하는 산맥에서 거대한 폭발을 자아냈다!

4

"……이제 싫어. 저기, 카즈마. 나, 한동안 퀘스트는 안 할 거야."

꽤 아슬아슬한 싸움 끝에 그리폰과 만티코어를 토벌한 우리는―.

"저기, 카즈마. 물어볼 게 있다. 우리는 진짜로 예전보다 성장하긴 한 것이냐? 우리가 파티를 짠 후로, 실은 거의 성장하지 않은 게 아닐까?"

"나한테 묻지 마. 그리고 그건 내가 가장 하고 싶은 말이라고."

메구밍을 업은 나는 상처투성이가 된 다크니스와 나란히 걸으면서 다른 모험가들과 함께 액셀 마을로 돌아가고 있었다.

해가 지는 것을 바라보며 마을을 향해 걷고 있을 때, 등 뒤에서 메구밍의 목소리가 들려왔다.

"사과할게요, 카즈마. ……역시 그 시절로는 돌아가고 싶지 않네요."

거 봐. 그렇게 말할 줄 알았다고.

"—수고하셨어요! 그리고 축하드립니다! 이걸로 이 마을의 장기 숙성 퀘스트는 전부 달성됐어요. 모험가 길드 직원 일동은 이 자리에서 여러분에게 진심으로 감사 인사를 드립니다!"

진흙 범벅이 된 우리가 액셀의 모험가 길드에 돌아가자 줄지어 선 직원들이 우리를 맞이해줬다.

우리와 함께 그리폰을 토벌하러 갔던 모험가들은 그 광경을 보더니 달성감과 만족감이 뒤섞인 미소를 지었다.

그리고 줄지어선 직원들의 한가운데에는……

이 길드에서 우리를 전담하게 된 듯한 접수 카운터 누님에게 떠밀리듯……

"대단해! 다들, 진짜 대단해!"

눈을 반짝이고 있는 코멧코가 있었다.

"그렇지! 대단하지? 뭐, 우리는 액셀의 모험가니까 말이야! 하지만 가장 대단한 사람은 네 언니라고. 이번에 그리폰과 만티코어를 한꺼번에 쓸어버린 사람은 다름 아닌 메구밍이거든!"

험상궂은 얼굴로 미소를 지은 전사 같은 남성이 메구밍을 이름으로 그냥 부르며 진심으로 칭찬했다.

코멧코는 그 모험가의 진심어린 칭찬을 듣더니 진심으로 기뻐하며—.

"언니, 대단해!"

—라고 말하면서 만면에 미소를 지었다.

에필로그

그날 밤.

오랜만에 큰일을 해낸 우리는 그리폰을 토벌하고 받은 얼마 안 되는 보수를 참가한 모험가들에게 나눠주고, 길드에서 거하게 술판을 벌인 후 이렇게 늦은 시간에 집에 도착했다.

배가 부른 코멧코는 도중에 잠들어 버려서 다크니스에게 업혀서 돌아왔고 지금은 메구밍의 방에서 자고 있었다.

오늘은 산행에 이어 본격적인 전투도 치렀다.

솔직히 힘들기는 했지만 오랜만에 기분 좋은 만족감을 느꼈다.

침대에 들어간 내가 적당히 술기운도 돌기 시작해서 기분 좋게 잘 수 있겠다고 생각하며 눈을 감았을 때—.

"카즈마, 아직 깨어 있나요? 깨어 있다면 잠시 시간 좀 내주지 않겠어요?"

문 밖에서 메구밍의 목소리가 들려왔다.

"아직 깨어 있지만, 이제 잘 거야~."

"제가 모처럼 카즈마의 방까지 찾아왔으니까, 시간 좀 내주세요!"

메구밍은 그런 태클을 날리며 방문을 열더니 안으로 들어왔다.

나는 침대에 누운 채 고개만 이불 밖으로 쏙 내밀면서 말했다.

"이런 시간에 무슨 일이야? 오랜만에 만난 코멧코와 같이 안 자도 되겠어? 홍마족이 언제 코멧코를 데리러 올지는 모르겠지만, 그 애가 쭉 이 집에서 지낼 수도 없잖아?"

나로서는 쭉 있어도 괜찮지만 말이다.

내가 딱히 로리콤이라서 이런 소리를 하는 건 아니다.

아이리스와 성에서 함께 지내며 만든 추억 때문에 이러는 것이다.

그러고 보니 아이리스와 함께했던 일주일을 다시 떠올리면 편지를 쓰기로 약속했다.

내일은 모험가 길드에 가봤자 개구리 토벌 같은 의뢰밖에 없을 것 같으니 집에서 편지나 써야겠다.

내가 머릿속으로 그런 생각을 하고 있을 때, 메구밍이 작게 웃으면서 이렇게 말했다.

"아, 그게……. 실은 방금 융융이 찾아왔었어요."

그러고 보니 그 애가 최근 며칠 동안 보이지 않았는데 대체 어디서 뭘 하고 있었던 걸까.

후니후라와 도돈코라는 애가 융융을 찾아봤는데도 보이지 않는다고 말했었는데, 진짜로 도망 다니고 있었던 걸지도 모른다.

"융융은 무슨 일로 온 건데? 아, 코멧코를 만나러 온 거지?"

"아뇨, 그렇지 않아요. 홍마의 마을에서 저희에게 메시지를 전해주러 왔대요. 아무래도 홍마의 마을을 점령하고 있던 마왕군을 습격해서, 무사히 마을로부터 쫓아낸 것 같아요."

역시 무투파답군.

최강의 마법사 집단인 홍마족다운걸.

아직 며칠 지나지도 않았는데 말이야. 그 힘을 올바른 방향으로 사용해주면 얼마나 좋을까?

"그거 잘 됐네. 하지만 그렇다면……."

"예. 내일이라도 어머니가 코멧코를 데리러 올 것 같아요."

메구밍은 그렇게 말하고 약간 쓸쓸한 미소를 지었다.

"그럼 오늘은 코멧코와 같이 있는 게 좋지 않을까?"

"아뇨, 괜찮아요. 그 애는 정말 강한 아이니까요. 솔직히 말해, 계속 같이 있다간 제가 못난 애가 될 것 같아요."

그러고 보니 이 녀석은 약간 시스콤 끼가 있긴 했지.

내가 그런 생각을 하고 있을 때 메구밍이 고개를 푹 숙였다.

"카즈마, 이 며칠 동안 여러모로 도와줘서 고마워요."

그녀는 느닷없이 나에게 그런 말을 했다.

"이제 와서 무슨 소리를 하는 거야. 그리고 그런 말을 들으면 오히려 섭섭하다고. 뭐, 난리법석을 떤 데다 하마터면 소중한 걸 잃을 뻔하기는 했지만, 그래도 옛날로 돌아간 것 같아서 조금 즐거웠어."

내가 쓴웃음을 지으며 그렇게 말하자 메구밍도 덩달아 미소를 지었다.

"확실히 오늘 전투는 옛날의 저희를 방불케 하는 싸움이었어요. ……그런데, 저희는 좀 성장하긴 한 걸까요."

액셀로 돌아오는 길에 다크니스도 비슷한 말을 했는데 가능하면 그런 말은 자제해줬으면 좋겠다.

사실 요즘 들어 레벨이 올라가도 내 스테이터스의 성장폭은 서서히 낮아지고 있었다.

이런 생각은 하고 싶지 않지만 어쩌면 내 스테이터스는 이미 최대치에 근접한 것이 아닐까.

치트 능력도 없는 데다가 레벨을 올려도 강해지지 못한다니, 진짜 최악이다.

그런 내 갈등을 알 리 없는 메구밍이 즐거운 어조로 말을 이었다.

"참, 기억하고 있나요? 저희가 처음 만났을 때 말이에요."

그렇게 말한 메구밍의 목소리에서는 그리움이 묻어나고 있었다.

"물론 기억하고 있어. 초면인 녀석이 느닷없이 괴상하기 그지없는 이름을 밝히더니, 다음 순간에는 눈앞에서 풀썩 쓰러졌잖아. 그리고 한다는 소리가 사흘 동안 아무것도 못 먹었다는 소리였다고. 그런 강렬한 기억을 잊을 수 있는 녀석이 있다면 어디 한 번 보고 싶네."

"어이, 이미 몇 번이나 말했지만 내 이름에 불만이 있으면 어디 말해봐라."

메구밍이 붉게 빛나는 눈으로 나를 노려보며 다가오자 나는 왠지 반가웠다.

그런 내 감정이 표정에 묻어난 건지, 아니면 메구밍도 진짜로 화가 난 건 아닌지 모르겠지만 그녀는 곧 웃음을 터뜨렸다. 그리고 내가 덩달아 웃음을 흘리자—.

"카즈마. 저는 그전부터 당신을 알고 있었어요."

메구밍이 느닷없이 그런 말을 했다.

"카즈마와 아쿠아는 모르겠지만, 저는 당신들의 파티에 들어가기 전부터 두 사람에 대해 알고 있었어요."

"호오."

즉, 나와 아쿠아는 옛날부터 사람들의 눈길을 끄는 존재였다는 건가?

"……괜한 착각을 할까 싶어서 말해두는 건데, 두 사람은 쓸데없이 남들의 시선을 끌었어요. 툭하면 사람들한테 혼나서 엉엉 울어댔잖아요. 길드 술집 아르바이트라든가, 채소 장사 같은 것도 했죠? 두 사람이 혼나는 모습을 자주 봤더니 어느새 두 사람의 얼굴을 외웠어요."

"어이, 그럼 좋은 의미에서 알고 있었던 게 아니잖아."

내가 투덜대며 그렇게 말하자 메구밍은 즐거운 듯 웃음을 터뜨렸다.

"뭐, 그래도 두 사람은 즐거워 보였어요. 제가 이 파티에 들어가기로 결심한 진짜 이유는 그때, 두 사람과 파티를 짜면 즐거운 모험을 할 수 있을 것 같다고 생각했기 때문이에요."

그런 말을 들으니 화를 낼 수가 없잖아.

"하지만 당시의 저에게 미래에 카즈마를 좋아하게 될 거라고 말해도, 절대 믿지 않았을 테죠."

"어라. 나, 그 정도로 첫 인상이 나빴어? 아무리 나라도 그런 소리를 들으면 마음에 상처를 입는다고."

나는 그렇게 말했고 메구밍은 즐거운 듯 웃음을 흘렸다.

"카즈마, 카즈마."

"왜? 나, 삐쳤으니까 이제 확 잠이나 잘 거야. 아까부터 술기운이 슬슬 돌기 시작했다고."

내가 약간 토라진 듯한 어조로 그렇게 말하자—

"슬슬 동료 이상 연인 미만의 관계가 되고 싶어요."

메구밍이 느닷없이 그런 강속구를 던졌다.

※

"―제 두 딸이 신세를 졌네요. 정말 미안해요, 카즈마 씨……."

"아뇨, 괜찮아요. 저도 따님들에게 신세를 졌거든요."

다음 날 아침.

일방적으로 그런 소리를 한 후 별다른 행동은 취하지 않고 그냥 잘 자라는 말만 남기며 자기 방으로 돌아갔던 메구밍은, 아침에 나와 마주쳐도 태연한 얼굴로 인사를 건넸다.

코멧코가 한 지붕 아래에 있으니 어쩔 수 없겠지만 그래도 그런 소리만 하고 돌아가 버리는 건 여러모로 좀 그렇지 않을까.

덕분에 나는 지금 수면 부족이라고…….

언니도 그렇고, 동생도 그렇고, 진짜 마성의 일족이라는 생각이 들었다.

"그 신세라는 건 어떤 의미에서의 신세인가요? 어떤 의미이든 상관없습니다만, 제 딸도 슬슬 짝을 찾아봐야 하는 나이인지라……."

메구밍의 어머니인 유이유이가 그런 이상한 소리를 했다.

슬슬 짝을 찾아봐야 하는 나이라는 단어가 들린 순간, 현관에서 코멧코를 배웅하던 다크니스의 몸이 부르르 떨렸다.

그리고 보니 귀족인 이 녀석도 슬슬 시집을 가지 않으면

혼기를 놓쳤다는 소리를 들을 나이였지.

"같이 모험을 하며 신세를 졌다는 의미예요. 이상한 의미는 눈곱만큼도 없다고요."

"후후, 알고 있답니다. 딸에게서 이야기를 들었거든요, 카즈마 씨. 예, 알고말고요. 제대로 책임만 져준다면 괜찮답니다."

내가 유이유이의 말을 듣고 메구밍을 무심코 쳐다보니 당사자 또한 놀란 표정으로 고개를 세차게 저었다.

그럼, 방금 유이유이가 언급한 딸은…….

나와 메구밍의 시선을 받은 유이유이가 조그마한 메모장을 꺼냈다.

그것은 전에 코멧코가 뭔가를 적던 그 메모장이다.

"파란 머리 언니는 대단했다. 귀신을 펀치로 날려버렸다. 갑옷 입은 언니도 대단했다. 커다란 새한테 잡아먹혔다. 언니의 남자도 대단했다. 여자애한테 제초제를 뿌려서 퇴치했다. 언니도 대단했다. 잘 모르겠지만, 아무튼 대단했다."

어이.

마지막에 그건 뭐야. 메구밍이 자기 활약상을 그렇게 열심히 설명했는데, 이 애는 눈곱만큼도 이해하지 못한 거냐.

메구밍이 그 말을 듣고 융단을 두 손으로 짚으며 힘없이 무너지는 가운데, 유이유이는 메모장을 계속 읽었다.

"한밤중에 언니가 방에 없어서 자기 남자 방에 갔나 싶어 보러 갔더니, 동료 이상 연인 미만이 되자는 소리를 했다."

"코멧코! 당신, 그때 깨어 있었나요?! 그리고 몰래 훔쳐 듣고 있었던 거예요?! 대체 어디서부터 어디까지 들은 거죠?!"

메구밍은 벌떡 일어나서 그렇게 외쳤다.

얼굴이 새빨개질 정도로 격앙된 메구밍에게—.

"이제 와서 숨길 필요는 없단다. 이 엄마는 네가 행복하면 그걸로 충분해."

부모가 상냥한 눈길로 쳐다보자 메구밍은 머리를 감싸 쥔 채 융단 위에서 데굴데굴 굴러다녔다.

유이유이는 그런 딸에게는 시선도 주지 않으며 말을 이었다.

"그럼 카즈마 씨, 저희는 이만 실례하겠어요. ……그건 그렇고, 이야기는 들었지만 정말 멋진 저택이군요. 이런 저택을 지닌 당신에게라면 딸을 맡겨도 될 것 같아요."

"오빠, 또 봐. 다음에 왔을 때는 개구리가 먹고 싶어."

유이유이는 그렇게 말하더니 텔레포트를 쓰려는 건지 주문을 영창하기 시작했다.

"나의 모친인 유이유이! 소중한 딸과 오랜만에 만났는데, 별말 하지도 않고 그냥 가버릴 건가요?!"

메구밍이 허둥지둥 그렇게 외치자—.

"빨리 아이를 만들렴."

10대 초반인 딸에게 하는 말 같지 않은 발언을 입에 담았다.

"잠깐만요, 엄……!"

메구밍이 태클을 날리기도 전에, 유이유이는 코멧코를 안

아들더니—.

"그럼 건강하게 잘 지내렴. 그리고 손주 이름은 내가 지어
줄게."

그야말로 태풍처럼—.

"『텔레포트』!"

순식간에 사라졌다.

"—안녕! 저기, 오늘 아침에는 왠지 닭고기가 먹고 싶어.
……어머? 코멧코는 어디 간 거야?"

유이유이를 배웅한 후—.

여러모로 충격적인 작별을 마친 우리가 얼이 나간 채 멍하
니 서 있자 눈치 없는 아쿠아가 그제야 일어났다.

"너는 대체 언제까지 퍼질러 자는 거야? 코멧코라면 이미
돌아갔다고."

"뭐~? 왜~?! 오늘은 같이 네로이드 사냥을 하러 가기로
했는데!"

너는 네로이드한테 역습을 당해서 엉엉 울었다며?

설마 코멧코에게 잡아달라고 할 생각이었던 거냐? 뭐, 네
로이드는 약해서 어린애도 잡을 수 있기는 하지만…….

한편, 아쿠아의 바보 같은 발언을 듣고 정신을 차린 메구
밍은—.

"제 어머니와 동생 때문에 여러분에게 폐를 많이 끼쳤어

요……. 정말 죄송해요……."

"뭐, 따지고 보면 네가 괜히 허세를 부린 탓이지만 말이야."

나는 태클을 날렸고 메구밍은 부끄러워하듯 고개를 돌렸다.

"나는 즐거웠으니까 됐어. 다음에 또 코멧코를 데리고 와. 그때는 꼭 같이 네로이드를 잡으러 가야지."

아쿠아가 즐거운 어조로 그렇게 말하는 와중에ㅡ.

"어이, 카즈마……. 저기, 메구밍의 어머님이 방금 한 말은……."

이 말을 해야 할지 말지 고민하던 다크니스가 결국 각오를 다진 표정을 지으며 입을 연 순간이었다.

코멧코와 유이유이를 배웅한 우리가 아직 현관에 멍하니 서 있을 때 현관문에서 노크 소리가 들렸다.

코멧코가 두고 간 물건이 있어서 다시 온 걸지도 모른다고 생각하며 문을 열어보니 금발벽안의 여자애가 문 앞에 서 있었다.

나이는 코멧코보다 약간 적어 보였다.

왠지 누군가를 닮은 외모를 지닌 그 여자애는…….

불안한 눈길로 나를 올려다보더니 내 옆에 서 있던 다크니스를 보자마자ㅡ.

"엄마ㅡ!!"

감격한 어조로 그렇게 외치며 다크니스의 품에 안겨들었다.

■작가 후기

11권을 구매해주셔서 감사합니다!

아마 처음 뵙는 분은 안 계실 거라 생각합니다만, 그래도 이 자리를 빌려 인사를 드립니다. 글쟁이 비슷한 무언가인 아카츠키 나츠메입니다.

요즘 건강을 위해 바닥에 두는 형태의 펀칭볼을 사서, 전직 작가라는 직함을 지닌 복서가 되기 위해 힘내고 있습니다.

일단 포장을 뜯고 설치를 하는 것만으로도 만족해서 아직 써보지는 않았지만, 다음 권이 나올 즈음에는 익스플로전 나츠메라는 링네임이 세간을 떠들썩하게 하고 있을지도 모릅니다.

이번 권에서는 시끌벅적했던 초창기로 원점회귀를 해보려 했습니다만 어떠셨는지요.

스토리를 진행하려고 하면 개그 요소가 약해지고, 개그에 무게중심을 두면 이야기가 전혀 진행되지 않아서 완결이 나지 않는다고 하는 딜레마를 안은 채, 조금 더 글을 잘 쓸 수는 없을지 고민하며 방구석을 데굴데굴 굴러다니는 나날을 보내고 있습니다.

슬슬 과거에 나왔던 여러 복선을 회수하기 시작했으니 부디 끝까지 읽어주시면 감사하겠습니다.

애니메이션 2기도 무사히 최종회까지 방송됐습니다.

개인적으로는 그야말로 끝내줬습니다만 왠지 순식간에 끝난 느낌이 듭니다.

각종 특전을 준비하느라 정신이 없어서 더 그렇게 느껴지는 걸지도 모릅니다.

애니메이션에 관여해주신 스태프 여러분께는 진심으로 감사드립니다.

만약 기회가 된다면 여러분과 또 함께 일을 하고 싶습니다.

왠지 축제가 끝난 듯한 허전함을 느끼고 있습니다. 그래도 곧 이멋세 게임이 나올 예정이며, 원작 소설뿐만 아니라 월간 드래곤 에이지와 월간 코믹 얼라이브에서 연재되고 있는 만화도 계속될 테니 잘 부탁드립니다!

참, 월간 소년 에이스에서 연재되고 있는 『케모노미치』라는 연재만화의 원작을 맡고 있습니다.

동물이라면 좋아 죽는 복면 레슬러가 이세계에 소환되어서 공주님에게 저먼 스플렉스를 날린 후, 늑대 소녀, 더부살이 뱀파이어, 드래곤 하프 소녀, 개미와 함께 애완동물 센터를 경영하는 알쏭달쏭한 이야기입니다.

줄거리만 들어선 무슨 내용인지 짐작도 안 되실 겁니다.

저도 제가 무슨 말을 하는 건지 모르겠네요.

아무튼 이 책이 발매되었을 즈음에는 그 만화의 단행본도 나왔을 겁니다. 혹시 관심이 있으시다면 읽어봐 주시면 감사하겠습니다.

그 외에도 이멋세 관련 코믹스가 잔뜩 나올 테니 잘 부탁드립니다!

자, 이번에도 일러스트를 맡아주시는 미시마 쿠로네 선생님을 비롯해, 담당 편집자이신 S씨와 디자인 담당자님, 교정자님, 그 외에도 많은 분들 덕분에 이 책을 세상에 내놓을 수 있었습니다. 정말 감사합니다.

그리고 무엇보다…….

이 책을 읽어주신 모든 독자 여러분에게 진심으로 감사드립니다!

아카츠키 나츠메

후기.

무시무시한 마성의 여동생, 코멧코…!

어버버버, 알려야 해…….
**길드 사람들에게
알려야 해……!**

기다려라, 아쿠아! 내 말 좀 들어다오!

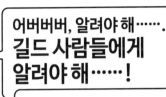

뭐뭐뭐, 뭐, 귀족에게 있어
젊은 나이의 출산은
의무나 다름없으니까요!

메구밍, 실은 다 이유가 있다……!
제발 부탁이니까 내 말 좀 들어다오!

너, 또 새로운 속성을 늘린 거냐.
하지만 이번 속성은
너무 충격적이잖아…….

**아아아아,
아니다──!**

이 멋진
세계에 축복을! **12** **COMING
SOON!!**

안녕하십니까. 근로청년 번역가 이승원입니다.

『이 멋진 세계에 축복을!』 11권을 구매해주셔서 진심으로 감사드립니다.

2017년도 이제 두 달 하고 몇 주 정도밖에 남지 않았습니다.

새해를 맞이해 여러 목표를 세워 열심히 달려왔습니다만, 그 중 몇 개나 달성했는지 모르겠네요.

최선을 다해 하루하루를 살아왔다고 생각합니다만…… 아직 갈 길이 멀군요.

그래도 더욱 노력하며 앞으로 나아가려 합니다! 독자 여러분도 힘내시길!

……참고로 제 목표 중 하나는 집에 쌓여 있는 게임들을 클리어하는 거죠! 더는 게임을 사기만(or 빌리기만) 해놓고 플레이를 안 한 채 먼지만 쌓이게 하는 사태(?)가 발생하지 않게 하렵니다!

……아, 왠지 오늘 밤에는 오랜만에 통조림실(?)에 끌려가는 꿈을 꿀 것 같아요.^^

그럼 본편에 관한 이야기를 해볼까 합니다.

스포일러가 포함되어 있을 수도 있으니 본편을 읽지 않으신 분들은 유의해주시길!

작가님께서도 후기에서 말씀하셨다시피, 이번 11권은 초심으로 돌아가는 내용이었습니다.

그 초심이라는 게, 말도 안 되는 고난도 퀘스트를 받아서 고생만 실컷 하고 별 소득도 얻지 못한다는 것이 좀 아이러니하지만 말이죠.^^

그래도 요즘 들어 거물(?)들과 어울리던 카즈마 일행이 오랜만에 액셀 마을에서 이리저리 휘둘리며 고생하는 모습을 보니 반가운 느낌이 드는 건 왜일까요······.

그리고 이번 권의 메인 캐릭터는 뭐니 뭐니 해도 코멧코!

10권의 아이리스와는 또 다른 매력을 선보이고 있는 여동생 캐릭터!

진짜 마성의 여동생이란 어떤 존재인지, 그 진수를 유감없이 보여주고 있습니다.

머지않아 거물 악마술사가 될 듯한 코멧코의 활약이 앞으로도 기대되는 11권이었습니다.^^

그럼 이만 줄이겠습니다.

L노벨 편집부 여러분. 이번 전국 서점 순회 행사, 수고 많으셨습니다. 다음에 또 뵙게 되는 날을 고대하고 있겠습니다!

　　이번에 정직원이 된 악우여. 축하한다. 축하는 하는데……휴일마다 일본 가려는 건 아니지?! 너 이러다 부산보다 아키바하라에서 보내는 시간이 더 많은 건 아닌가 걱정이 된다고! ……참, 다녀오는 김에 이멋세 게임 좀 구해줘.^^

　　마지막으로 언제나 제게 버팀목이 되어주시는 어머니와 『이 멋진 세계에 축복을!』을 읽어주신 모든 분들에게 진심으로 감사드립니다.

　　돌싱, 마조히스트, 변태만으로 모자라『애 딸린 유부녀』속성까지 얻어버린 다크니스가 대활약하는 12권 역자 후기 코너에서 다시 뵙겠습니다!

2017년 10월 중순

역자 이승원 올림

이 멋진 세계에 축복을! 11
대마법사의 여동생

1판 1쇄 발행 2017년 12월 10일
1판 5쇄 발행 2020년 12월 11일

지은이_ Natsume Akatsuki
일러스트_ Kurone Mishima
옮긴이_ 이승원

발행인_ 신현호
편집부장_ 윤영천
편집진행_ 김기준 · 김승신 · 원현선 · 권세라 · 유재슬
편집디자인_ 양우연
국제업무_ 정아라 · 전은지
관리 · 영업_ 김민원 · 조은걸 · 조인희

펴낸곳_ (주)디앤씨미디어
등록_ 2002년 4월 25일 제20-260호
주소_ 서울시 구로구 디지털로 26길 111 JnK디지털타워 503호
전화_ 02-333-2513(대표)
팩시밀리_ 02-333-2514
이메일_ lnovelpiya@naver.com
L노벨 공식 카페_ http://cafe.naver.com/lnovel11

KONO SUBARASHII SEKAI NI SHUKUFUKU WO! Volume 11 DAI MAHO TSUKAI NO
IMOTO
©2017 Natsume Akatsuki, Kurone Mishima
First published in Japan in 2017 by KADOKAWA CORPORATION, Tokyo.
Korean translation rights arranged with KADOKAWA CORPORATION, Tokyo.

ISBN 979-11-278-4331-1 04830
ISBN 979-11-278-4330-4 (세트)

값 6,800원